사라져 가는
한국의 서정

7080 그때 그 시절 영상 에세이

사라져 가는 한국의 서정

1판 1쇄 발행 | 2019년 11월 27일

지은이 | 김윤희
발행인 | 이선우
펴낸곳 | 도서출판 선우미디어
　　　　등록 | 1997. 8. 7 제305-2014-000020
　　　　02643 서울시 동대문구 장한로12길 40, 101동 203호
　　　　☎ 2272-3351, 3352 팩스: 2272-5540
　　　　sunwoome@hanmail.net
　　　　Printed in Korea ⓒ 2019. 김윤희

값 13,000원

※ 잘못된 책은 바꿔 드립니다.
※ 저자와의 협의하여 인지 생략합니다.
※ 이 책은 2019년 충북문화예술육성지원금 일부로 제작되었습니다.
※ 이 책에 쓰인 사진은 진천군청, 김운기 사진작가로부터 협조 받았습니다.

이 도서의 국립중앙도서관 출판예정도서목록(CIP)은 서지정보유통지원시스템
홈페이지(http://seoji.nl.go.kr)와 국가자료공동목록시스템(http://www.nl.go.kr/kolisnet)에서
이용하실 수 있습니다.(CIP제어번호: CIP2019047107)

ISBN 978-89-5658-626-7 03810

사라져 가는
한국의 서정

7080 그때 그 시절 영상 에세이

김윤희 지음

선우미디어 sunwoomedia

두레박 가득 그리움을

오래된 사진 뭉치를 만났습니다.
신작로, 미루나무, 담배건조실, 빨래터…
7080년대 사라져 가는 옛 풍경이
나도 모르게 빙긋 미소를 물립니다.

어릴 적 흔히 보았던 엄마 아버지의 삶,
까무룩 잊고 있던 내 고향의 이야기가
빛바랜 사진 속에서 툭툭 불거져 나옵니다.

이미 사라진, 점점 잊혀져가는 노스탤지어,
더 늦기 전에 우리들의 발자취, 자화상을
시와 풍경이 있는 수필로 엮어봅니다.

산업화 바람타고 치열했던 삶의 현장
역사의 디딤돌이 된 그 풍경 속에서

두레박 가득 그리움을, 추억을 길어 올려
촉촉이 목을 축일 수 있으면 그걸로 족합니다.

2019년 볕 바른 날

임경 김윤희

차례

chapter **6. 역사는 흐른다**

chapter 1

우물가 빨래터

미루나무 길

5릿길 남짓, 땀 흘리며 걷던 학교 길,
덜컹대는 비포장 신작로 가로수 길은
책보 속에서 달각대는 필통 소리 맞춰
미루나무 그늘 속 쓰르라미도 자지러졌습니다

논 뜯는 농부들의 새참 그늘막 되어
잠깐씩 한여름 더위를 식혀주던 길,
숙성해진 논배미에선 벼꽃이 꿈에 벙글고
시나브로 아이들 꿈도 함께 자랐지요

미루나무 잎새 뒤에 숨어 울던 말매미소리
귀에 아직 쟁쟁한데 세월 따라 사라진 나무가
여기, 빛바랜 사진 속에 추억으로 머물러
내 어린 날 한 폭의 수채화가 되었습니다.

1980년대 초평, 미루나무 길

덥다. 숨이 턱턱 막힐 지경이다. 장맛비인양 며칠 질금거리던 빗줄기도 슬그머니 꼬리를 내린다. 연일 '폭염주의보' 안내 문자가 휴대폰에 뜬다. 달력에 적힌 숫자 8 밑에는 '입추'가 머쓱한지 제 몸 크기를 반으로 접은 채 눈을 껌벅인다. 미루나무 숲 매미소리 하나만으로도 더위를 한풀 식혀주던 시절이 아득하다.

내가 초등학교 다닐 땐 늘 추석 다음날 운동회가 열렸다. 4,5,6 학년 부채춤과 기마전은 운동회의 하이라이트다. 하루 이틀 연습으로 될 일이 아니다. 여름방학이 끝나자마자 맹연습에 들어간다. 연일 운동회 연습으로 파김치가 되어 돌아오는 하굣길, 걸어서 오리나 되는 길을 걸어오자면 몇 번씩 쉬어야 한다. 그때마다 신작로 가에 우뚝 서 있던 미루나무는 우리들의 휴식처였다. 나무 그늘에 퍼질러 앉아서 돌멩이 주워 공기놀이하던 놀이터였다.

나뭇잎 사이로 들려오는 쓰르라미 소리와 함께 우리들의 재잘거림이 녹아있던 나무들은 다 어디로 간 것일까. 그대로일 것 같던 자연 현상도 세월 따라, 시절 따라 변해가고 있다. 미루나무 늘어서 있던 신작로는 모두 시멘트로 포장이 되었다. 대부분의 나무들은 논에 그늘이 진다는 이유로 베어지고 또 어느 곳은 벚나무가 대신 들어서 있다.

요즈음 아이들은 승용차를 타고 벚꽃 나들이를 하며 새로운 이야기를 쓰고 있을 터이다. 난 그 길에서 사라진 미루나무의 흔적을 찾으며 내 어린 시절의 추억을 더듬고 있다.

우물가 빨래터

밤새 쌓인 시름, 말 못하고 가슴에 쟁인 하소연
한 대야씩 머리에 이고 우물가 빨래터로 향한다.

양잿물, 독한 비누로 치대도 풀리지 않는 속앓이는
빨래방망이에 힘을 실어 펑펑 두들겨 삭여내고,
골골이 맺힌 마음 헹굼질 하던 그녀들의 아지트

눈 흘기며 비벼댄 시부모의 찌든 옷가지와
오달진 방망이질에 한결 누그러진 남편의 일복
한바탕 쏟아낸 수다 속에 뽀얗게 땟물을 벗는다.

시름겨운 여인들의 쉼터, 마을 샘가 빨래터는
말갛게 헹군 빨래 속에 눅진해진 맘 머무는
아낙들의 열린 공간, 새 힘을 긷는 터였다.

1970년, 마을 공동 빨래터

　마을의 공동 우물이 사라진 지 오래다. 시집살이 오지게 한 여
인이 이제 시어머니가 되어 며느리 부리며 호사하나 했는데 그게
아니다. 그 사이 세상이 급격하게 바뀌었다. 시어머니의 시집살
이란 말 대신 며느리 시집살이란 말이 슬그머니 들어앉았다. 며느
리 눈치를 보아야 하는 세상이다. 며느님이 안 계신 집안은 함부
로 들어가서는 안 된단다. 아들이 좋아하는 반찬도 경비실에 맡기
고 와야 한다는 말이 남의 이야기가 아니다.

70대 중반을 들어선 큰언니는 자기가 현명한 시어머니인양 아들네 아파트 경비실에 반찬을 맡기고 온다는 말을 의기양양 늘어놓는다. 내 딸이든 남의 딸이든 밥해 먹으며 출근하려면 아침에 얼마나 바쁘겠느냐. 보나마나 잠옷 아무렇게나 벗어던지고 출근했을 게 빤한데 누가 어지러운 집안 꼴 보이고 싶겠냐며 며느리 입장을 백번 이해한다는 편이다. 처음에는 정말로 마음 깊이 이해가 돼서인지, 억지로 이해하려는 것인지 반신반의했는데 집안이 두루 편한 것을 보니 실제로 마음이 그렇게 돌아가는 모양이다.

시집살이의 한을 마을 빨래터에서 펑펑 방망이질로 풀어내던 이야기는 낡은 사진 속 전설이 되었다. 아들 못 낳는다는 구박은 어느 시대 있었는지도 모를 일이다. 지금은 딸이든 아들이든 손주 안겨주는 것만도 고마워해야 한다. 며느리가 왕이다.

이제부터 나는 두 명의 며느리를 모셔야 하는 충직한 시녀 수업을 받아야 하는 것인가. 아니, 시녀 되는 것도 관운이 있어야 하는지도 모른다. 아들이 결혼 안 한다 할까 봐 노심초사다. 빨래터가 사라진 지금, 이래저래 낀 세대의 서글픔은 어디 가서 방망이질을 해야 하는가.

개미실 꿀샘

오락가락하는 장맛비와 함께 무더위가 연일 기승을 부린다. 수필 수업을 마친 오후, 꿀샘으로 소문난 덕산면 구산리 개미실 마을을 찾았다. 오래전부터 신성한 샘물로 손안에 꼽혀온 곳이기에 꼭 한번 가보고 싶었다.

생각보다 예스럽지는 않지만, 널찍한 터에 네모난 샘의 형태가 세 단계로 나뉘어 맑은 물이 찰찰 넘쳐흐르고 있었다. 튼튼한 나무 기둥으로 집 틀을 세우고 기와지붕을 얹었다. 벽면은 돌담 쌓듯 동글동글한 돌로 운치를 내었다. 다분히 현대적인 감각으로 새로 정비되어 있어 옛 정취는 가늠이 되질 않는다. 그래도 아래쪽 한편에 빨래판을 만들어 놓고, 빨래방망이가 함께 놓여 있는 걸 보니 여인네들의 삶이 눈에 그려진다.

물은 생명력과 풍요의 원천, 그리고 청정한 정화의 능력을 품고 있는 신성성이 있다. 복중으로부터 양수를 가르고 태어난 사람은 물론, 모든 생명체는 물과 함께 살아간다. 사람은 몸에 이미 70%

개미실 꿀샘

의 물을 갖고 있음에도 불구하고 조금만 땀을 흘려도 벌컥벌컥 물을 들이켜며 곧바로 보충을 한다. 불 없이는 살아도 물이 없으면 살아갈 수가 없다.

예로부터 사람들은 물과 떼려야 뗄 수 없는 관계다. 특히 여인과는 불가분, 한 몸으로 이어져 왔다. 고구려 주몽의 어머니 유화부인, 신라의 시조 박혁거세의 비(妃) 알영, 고려의 왕건의 조모인 용녀 역시 물의 여인이 아니던가. 물은 생명의 근원이다. 한없이 부드러우면서도 강인한 힘으로 생명체를 기르고, 땅을 기름지게 하는 성스러움이 있다.

첫 새벽 맑은 샘물에서 길어온 정화수를 떠 놓고 비손하는 여인의 경건한 모습을 보면 샘물은 그냥 물이 아니다. 힘과 용기가 솟아나는 삶의 원천이다. 그래서 구산리 개미실 꿀샘은 우리 지역에서 더 각별히 여겨지는 곳인지도 모른다.

구산리는 40여 가구가 모여 사는 전형적인 농촌 마을이다. 지형상 개미와 비슷하게 생겨서 잘록한 허리를 중심으로 위 개미실과 아래 개미실로 나뉘어져 있다는 설이 있다. 재미있는 것은 위쪽을 하구(下九), 아래쪽을 상구(上九)마을이라 하는데 상구 마을에 세도가들이 많이 있어 그리 불리게 되었다는 것이다. 예나 지금이나 있는 자의 갑질은 어쩔 수 없나 보다. 꿀샘은 상구마을에 위치해 있다.

조선조 건국에 공헌한 무학대사가 마침 이곳을 지나다가 꿀샘을 보고 '귀한 물'이라고 했다는 말이 전설처럼 전해오고 있다. 꿀과 같은 샘! 이곳에는 토지신과 곡물신의 위력을 가진 왕이 산다하여 사람들은 매년 정월 초이튿날 '샘 고사'를 지내며 마을의 안녕과 풍년농사를 기원하고 있다.

샘물을 마주하고 한동안 서 있었다. 물을 긷는 사람도, 빨래 대야를 이고 나오는 처자도 없다. 그래도 전혀 외롭거나 구질해 보이지 않는다. 손님처럼 찾아온 나그네 앞에서도 위축됨 없이 저를 맑히며 찰랑찰랑 흘러넘치는 물이 당당하다. 부정과 불순에 타협하지 않고 맑고 순정하기 때문이리라. 비굴함은 떳떳하지 못한 욕심으로부터 비롯되는 건지도 모른다.

누가 보든 아니든 묵묵히 자기 길을 가는 저 맑은 물길에 훌훌 마음 헹구어 가고 싶다. 알게 모르게 내게 스며있는 땟물을 빨래 방망이로 팡팡 두들겨 빨아내면 나도 저리 투명하고 신성한 물맛을 낼 수 있을까.

어머니의 장독대

장독소래기 옹기종기
마주 댄 어깨 뒤로
숨겨주던 유년의 꿈

갈갈이 지친 마음
그 안에 넣어둔다.
다독여 새롭게 추스를
그 시간을 위하여.

날렵하게 밀려드는
문명의 이기(利己)
그 물결 넘어서서

면면히 햇살 받아
이어 온 우리의 혼

올망한 항아리 그득
녹아드는 그리운 향수(鄕愁)
물큰한 엄니 내음.

용박골 여인(1965년)

볕바른 마당가 장독대는 어머니의 숨결이 살아 있는 곳이다.

닦고 문질러 반질한 항아리에선 도란도란 장이 익어가고, 고단한 삶에 찌든 고무신은 어머니의 야문 손끝에서 뽀얗게 땟물을 벗고 장독대 한 켠에 몸을 누인다.

십 남매 맏이, 보령골 댁 우리 어머니, 두 볼에 복사꽃 핀 열여덟에 삼형제 중 막내인 아버지 만나 아들 하나에 딸 넷을 두셨다. 없는 집안 살림 일구며 팔십 평생 내 몸 돌보지 않고, 여인의 길을 묵묵히 걸어온 어머니의 모진 생애도 하얗게 세월을 이고, 고추장, 된장 익어가듯 그렇게 푹 익어간 거였다.

초가지붕

둥싯둥싯 보얗게 박이 열렸다.
열일곱 하얀 박꽃, 수줍은 새댁이
비바람 모진 삶의 여정 견디며
한발 한발 세월의 사다리 딛고
어머니, 갈빛 완숙한 결실로
초가지붕에 함초롬히 앉아 있다.

보리쌀 빡빡 문질러 씻던,
모내고, 벼 베며 들녘에서
아욱국에 밥 말아먹던,
맑은 샘물 퍼 올리던
바가지, 그 정겨운 꿈이
지붕 가득 주렁주렁 영글었다.

덕산면 방골(1967년)

가을비 반짝 빗줄 긋는 사이에 화들짝 놀란 단풍이 우수수 소란을 떤다. 들녘에서 가을걷이 하는 일손이 바쁘다. 마을 안팎이 모두 동동거린다. 된서리 내리기 전에 결실을 거둬들여야 한다. 박을 따러 방골 할머니가 지붕에 올랐다.

달밤에 하얀 박꽃처럼 청초했던 열일곱 소녀가 세월을 하얗게 이고 박을 딴다. 비바람 모진 삶의 여정 견디며 한 발 한 발 사닥다리를 딛고 오른 그녀가 그대로 하나의 박 덩이로 앉아 있는 거다. 쪽진 머리에 무명 치마저고리를 입고 앉은 어머니가 꽃보다 더 곱다.

나이를 먹는다는 것은 늙는 것이 아니라 익는 것이라고 했던가, 그랬다. 그녀는 일제강점기, 한국전쟁 역사의 소용돌이, 그 어려움 속에서도 굳세게 가정을 지키며 어머니란 이름으로 박처럼 익어왔던 것이다. 그리고 이제, 출가를 앞둔 큰 손녀딸 살림 밑천으로 당신의 몸을 내어줄 참이다. 1960~1970년대 당시는 박 바가지는 부엌 살림에 꼭 필요했었다.

박은 버릴 게 하나도 없다. 달빛 시리게 하얀 꽃을 피워 밤새 어둠을 밝히다가 아침이 되어서야 등불을 끈다. 어린 과육은 길쭉길쭉 잘라 박고지를 만들거나 나붓나붓 썰어 자박하게 김치를 담그기도 한다. 하얀 속살은 나물을 해 먹는다. 잘 익어 단단해진 박은 반으로 잘라 속을 파낸 후 삶아서 바가지를 만들어 썼다.

박 바가지는 크기도 모양도 상관없고, 못생겨도 괜찮다. 제 그릇 크기만큼 다 요긴하게 쓰인다. 종그래기 만한 바가지는 장독대가 제 집이다. 간장독에 동동 띄워 놓고 장을 덜어 뜰 때마다 쓰인다. 뒷박만 한 것은 물바가지로 사용하거나, 보리밥에 열무김치, 고추장 넣고 비벼먹을 때의 그릇으로 제격이다. 모내기 할 때나 벼 베는 날, 들녘에서 여럿이 둘러앉아 아욱국에 밥 말아 먹던 바가지의 맛과 멋은 더할 수 없는 정겨움이다. 표주박에 따라 마시던 막걸리의 흥취 또한 어찌 말로 다할 수 있을까.

내가 결혼하던 날이다. 와병 중이던 시아버님이 결혼식장에 오시지 못했다. 부득이 집에 가서 폐백을 드리고 난 후 신혼여행을 가기로 했다. 대문을 들어서면 앞마당을 거쳐 안방으로 들어가게 된다. 시댁 어른들은 신랑 새댁을 먼저 부엌 뒷문으로 들어가게 하더니 부엌에 박 바가지를 엎어 놓고, 밟아 깨뜨리고 지나가란다. 영문도 모르고 고무신 발로 와자작 깨뜨렸다. 바가지 깨지는 소리에 잡귀가 물러나고, 온갖 부정한 것을 다 없앤다는 액막이였다.

이렇듯 박은 우리 삶 속에 깊숙이 자리해 왔다. 어릴 적 우리 동네에도 호박과 더불어 박 넝쿨이 집집의 담장과 초가지붕을 덮었다. 흔하게 보아 왔던 풍경이 이제는 '흥부와 놀부' 이야기 속 전설이 돼 가고 있다. 보여주기 위해 심어놓은 조롱박 터널을 전부로 알고 있는 아이들, 그들에게 박 바가지는 수업 시간에 그림을 그리는 학용품쯤으로 알고 있을지도 모른다.

길가에 은행잎이 노란 낯빛으로 쏟아진다. 가을이 뒷모습을 보이며 자박자박 걸어가고 있다.

가을볕 사랑

누른 빛 일렁이던 나락 모두 거둬들인 11월,
마음까지 배가 부른 한가로운 농촌 마을에
늦가을 짧은 햇살, 온 동네가 볕 마중한다

바깥마당에 누렁소 한가로이 되새김질하고
천진한 아가들 아장아장 노니는 마을 공터엔
아랫집 수탉, 윗집 암탉 대낮에 눈을 맞춘다

먼발치 바지랑대에 높이 걸려 볕 쬐던 빨래가
손사래 치듯 팔랑팔랑 소맷자락 흔들며 말려도,
붉게 물들어 가는 가을볕 그 사랑 누가 막으랴

하늘, 바람 안고 솟아나는 공동 우물,
두레박 가득 철철 넘쳐흐르는 샘물처럼
낮은 울 너머로 온 동네 사랑 어우러진다.

1970년대 덕산면 묘봉마을

가을걷이 다 끝낸 11월 마을 안 풍경이 한가롭다. 등허리 휘게 짐 져 나르던 누런 암소도 짚여물 한 입 물고 오래 되새김질하며 여유를 부린다. 그 옆으로 아장걸음 걷는 아이들의 모습은 또 얼마나 평화로운가.

우물에서 한바가지 길어 올린 샘물을 세숫대야에 들고 서 있는 할머니의 손주는 오늘도 콧물, 땟물, 흙강아지가 되어 있을 게 분명하다. 골목 안에 널려 있는 돌멩이와 흙모래가 죄다 아이들 놀잇감이다. 앉은 자리가 다 놀이터이다. 너나할 것 없이 땅강아지가 되어 노는 것이 일상이던 때이다.

이건 또 무슨 일인가.

아직은 해가 중천인 벌건 대낮에 낯붉힐 일이 벌어지고 있다. 방방하게 부풀어 오른 엉덩이를 살랑대며 내려오는 윗집 암탉과 아랫집 수탉이 눈을 맞추고 있다. 빨간 볏을 뽐내며, 바짝 세운 자존심인 까만 꽁지깃, 반들반들 윤기 흐르는 붉은 깃털을 걸친 수탉은 촌놈 같지 않게 늘씬하게 잘 빠진 몸매를 자랑하는 녀석이다. 매일 새벽부터 목청을 돋우며 존재감을 나타내더니 기어이 윗집 암탉을 꾀어냈다. 둘이 사랑에 빠진 거다.

짧은 가을볕에 온 동네가 다 사랑으로 어우러진다. 넉넉한 인심과 여유로운 마음에서 비롯되는 것이리라. 곳간에 나락 채우고 햇살 따사로우면 자족할 줄 아는 무던한 심성이 읽힌다. 허름한 농촌 마을 정경이 평화롭다. 정겹다. 영원한 마음의 안식처이다.

담배건조실

동네에서 으쓱 어깨올리고 선 흙벽돌집은
노랗게 익은 담뱃잎처럼 소망 노릇이 익던 곳
짠물 내 말려 택택한 삶 끌어올린 희망이었다.

찌는 듯한 땡볕도, 장맛비도 아랑곳없이
일주일 멀다하고 아버지는 바소쿠리 가득
푸른 독기 찐득대는 담뱃잎을 지게로 날랐다.

엉겨 붙는 담뱃진과 짠물 범벅된 땀방울들이
등짝을 타고 주르륵 헛간채에 부려진 날부터
새끼줄에 꿴 담뱃잎을 건조실에 층층 늘여달고
대엿새 꼬박 불 조절하며 바람을 지폈다.

찐득한 가난을 여름내 노랗게 말리던 건조실은
동네에서 젤 높은 집, 철없는 꿈들이 숨바꼭질 하던,
아버지의 쉰 땀내 서린 아릿한 발돋움의 집이었다.

구메바위 담배건조실

1970년대 담배건조실

정겨웠던 풍물이 점점 사라져 가고 있다. 어린 시절 흔히 보아 왔던 담배건조실의 모습 역시 자취를 감추고 있다. 내 고향에도 흙벽돌 건조실이 사라진 지 이미 오래다. 수소문 끝에 아직 옛 모습을 간직한 곳이 있다기에 무작정 길을 나섰다.

진천군에서도 오지에 속하는 백곡면 구메바위라는 마을이다. 어귀에 도착하여 훑어보니 동네 위쪽 끝에 우뚝한 건물이 하나 보인다. 세월의 흔적인 양 온 몸에 실금이 가긴 했어도 한때 목돈 마련의 중추였던 만큼 건재함을 보인다. 급속히 밀려드는 산업화로 그 역할은 사라졌지만 예전의 전성기를 떠올리며 애써 꼿꼿하게 서 있는 모습이 외려 애잔하다. 문득 어린 날의 내 아버지의 모습을 예서 만난다.

여름방학이 막 시작될 무렵부터였다. 아버지는 땡볕이 내리쬐는 날도, 소나기가 오락가락하는 날도 아랑곳없이 일주일이 멀다 하고 담뱃잎을 따셨다. 바소쿠리 가득 퍼런 독기 찐득대는 담뱃잎을 지게로 져 날랐다. 담뱃잎을 따는 날은 유난히 뜨거웠다. 후터분한 열기가 찐득한 담뱃진과 짠물 뒤범벅된 땀방울이 버물려 주르륵 헛간채에 부려진다. 뒷면에 진딧물을 다닥다닥 매달고 허연 진액을 끈적끈적 토해내던 담뱃잎은 한여름 아버지의 힘겨운 노동의 너울이었다.

갓 따온 푸른 담뱃잎은 등을 마주하여 새끼줄 사이사이에 꿰어 발을 만든다. 길게 엮은 담배 발을 건조실 달대 맨 위부터 층층 늘여 매단다. 그날 밤부터 아버지는 건조실 옆에 잠자리를 꾸리고 대엿새 꼬박 불을 조절하며 노릇노릇 담뱃잎을 말린다. 소망을 익히는 게다. 지금처럼 숫자로 온도를 맞추는 기계식이 아니고, 흙에 갠 무연탄을 한 삽 한 삽 떠 넣으며 불구멍 여닫음을 통해 온도를 조절하였으니 그 정성을 어찌 말로 다할 수 있겠는가.

건조실에서 떼어낸 마른 담뱃잎은 노란 빛깔부터 갈색에 이르기까지 색깔별로, 길이별로 분류하여 동네 여인들이 대청마루에 모여앉아 한 옴큼씩 묶는다. 이를 담배조리라 한다. 조리한 잎담배는 일괄 수매를 하고 비로소 큰 목돈을 만질 수 있다.

담배건조실은 가난한 시절 우리를 키워낸 희망의 집이요, 아버지의 성이었다. 치열하게 살아오신 아버지의 꿋꿋한 삶이 내 유년과 함께 오롯이 자리하고 있다.

담배꽃

토담 골목길

부드러운 흙과 암팡진 돌이 어우러져 완성된 벽,
흙 담장은 차단이 아니라 소통이 되는 벽이다.
흙은 따뜻한 체온을 갖고 숨을 쉬기 때문이다
생명체를 자라게 하는 양분을 품은 까닭이다.

초가, 흙 담에 비스듬히 기대선 구판장 안내와
늙은 느티나무의 옹두리조차 수용하는 넉넉함
토담과 토담 사이 이어진 에움길 따라
곁하고 있는 사람들이 그 길과 닮아 있음이다.

모나지 않고 두리두리 엄불려 정을 나누며
우리네 어버이가 살아온 삶의 모습이다

투박함 속에서도 평온이 느껴지는 건
생긴 그대로 인정하며 자연에 순명하는
인간의 본성에 가까이 닿아 있음이리라.

　토담이 있는 마을 골목길은 내 유년이 머무는 곳이다. 골목길 한 귀퉁이 흙바닥에 질펀하게 앉아 공기놀이를 했다. 동그랗게 금 그어놓고 핀을 튕겨 넣는 핀치기도 그곳에서 했다. 때때로 고무줄놀이 하기에도 하루해가 모자란다. 어스름 땅거미가 내려앉는 줄도 모르고 놀다가 저녁 먹으라는 엄마의 고함소리에 마지못해 엉덩이의 흙을 툴툴 털고 일어서 집으로 향했다.

　골목길은 늘 아쉬움이 여운처럼 깔려 있다. 돌아갈 수 없는 내 유년처럼 토담이 있는 마을 골목길은 이제 낡은 사진 속에서나 볼 수 있는 풍경이 되어 아득히 사라져가고 있다.

그 골목을 '진천문학관'에서 다시 만났다. 조벽암 선생의 시〈골목은〉를 통해서다. 선생은 골목을 우리들 것이라 했다. 우리들의 혈관이라 했다. 시에 담아 골목을 고스란히 되돌려 주고 있다. 어릴 때 보았던 풍경이 눈에 선히 잡힌다.

골목은/ 우리들의 것이다
기둥도 없는/ 실골목을 걸으면/ 녹 슬은 생철 집
판장 두른 왜(倭)기와집/ 건너편 구멍가게/ 비슷비슷한 집들//

다시 휘돌아/ 어둠을 뚫으면/ 쓰레한 삽짝 문
뭉그러진 돌담집/ 거적 달린 토막/ 고물고물한 집들//

골목을 꼬매면 꼬맬수록/ 고욤(椹)처럼/ 주렁주렁 달린
버섯 같은 오막살이들/ 초라는 할망정/ 반지빠른 자
감히 것저지를 못하는 곳//

비록 옹송거리고는 있을망정/ 더운 숨결이
속으로 부풀어 오르는 곳

골목은 골목은/ 우리들의 혈관이다
골목은 골목은/ 개도 짖지 않는/ 우리들의 것이다

* 조벽암 선생의 시다. 그는 1908년 진천 벽암리에서 태어나 1985년 향년 77세로 북한에서 별세한 시인이며 소설가이다. 1988년 해금이 되면서 알려지기 시작한 인물이다.

제비 돌아올 날

강남 갔던 제비 돌아오는 삼짇날,
어미 제비 서둘러 진흙과 볏짚 이겨 집을 짓습니다
노란부리 맞대고 지지배배 부르는 처마 밑 봄노래는
풍요를 꿈꾸며 집 나서는 일손의 희망가입니다.

봄 햇살, 봉당 끝에 걸터앉아 깜박깜박 졸음 겨운 한낮
사내아이는 물 오른 버드나무 가지 비틀어 피리 불고
조막손 누이는 파릇한 풀 뜯어 각시인형을 만듭니다.
가난한 날, 장독대 옆에서 도란도란
각시놀음 즐기는 오누이의 모습이 평화입니다.

물질적으로 풍족하지 않았던 그때 그 시절
진달래 화전 부치고, 곡수에 술잔 띄워 즐기던 여유
그것만으로도 행복할 수 있었던 건
욕심 없이 자연에 순명하는 그 마음이겠지요.

1975년 제비와 제비집

60년대 풀각시놀이

음력 3월 3일 삼짇날은 봄을 알리는 명절이다. 우리 민족은 예로부터 설날, 단오, 칠석, 중양절과 함께 양수(陽數)가 겹치는 날을 길일이라 하여 명절로 여겨왔다. 봄은 살아있는 물성들이 활발하게 움직이기 시작하는 철이다. 동면에 들었던 뱀, 개구리가 땅을 박차고 일어서면서 산골 물웅덩이에서도 수런수런 이야기가 깨어난다. 일찌감치 잎보다 먼저 해말갛게 얼굴을 내민 꽃들이 동산을 수놓는다. 나비와 함께 이즈음엔 으레 먼 길 떠났던 제비가 돌아와 둥지를 틀었다.

어렸을 적, 나른한 봄날이면 전깃줄에 앉아 볕을 쬐는 제비 무리를 흔히 보았다. 집집마다 처마 밑은 그들의 집터로 그냥 내주며 한 집안 식구로 살아간다. 우리 집도 예외는 아니었다. 둥지를 짓고 새끼를 낳아 기르는 동안 집안을 드나들며 마루나 봉당에 종종 실례를 하는 바람에 깔끔이 큰언니는 질색을 했다. 그 때문이었는지 아버지는 둥지 밑으로 아예 선반까지 만들어 주었던 기억이 어렴풋하다.

1970년대 새마을 운동이 시작되었다. 초가지붕이 뜯겨나가고 문명이 야금야금 스며들 즈음만 해도 제비는 어김없이 옛정을 그리며 찾아왔다. 동네에서 공동으로 운영하는 새마을 구판장의 담배 간판이 슬그머니 제비집 옆으로 내걸린 사진이 이색적이다. 당시 우리 동네 구판장은 동네에서 필요한 물건들을 가정집에 구비해 놓고 팔았다. 그 중 담배는 으뜸 품목이었으리라. 이질적인 간판이 운치를 떨어뜨리고 있지만, 이 또한 우리의 근대화 과정의 풍속화가 아닌가.

언제부터인가 제비도, 제비집도 구경하기가 어려워졌다. 봄 햇발이 아롱아롱 마당을 서성인다. 아득한 기억속의 삼짇날 풍습을 되짚어 본다. 봄볕에 진달래 화전 부치고, 곡수에 술잔 띄워 시 한수 읊조리던 여유가 나긋나긋 내려앉는다. 사내아이들은 물이 오른 버들가지를 꺾어 피리를 만들어 불고, 여자아이들은 풀을 뜯어 각시인형을 만들며 소꿉놀이를 즐겼다. 누가 있어 이보다 더 순수한 자연 풍경을 그려낼 수 있을까.

흥부네 박씨 물고 오듯, 찬바람에 떠밀려 먼 길 떠났던 제비가 순연한 인간 본성을 물고 다시 돌아오길 그리며 봄을 맞는다.

하얀 면사포

하늘 연 달, 진천군에 경사가 났습니다.
흥무대왕 김유신의 영정이 모셔진 길상사에서
신랑새댁 여러 쌍이 합동 혼인하는 날입니다.

넉넉지 않은 살림, 혼례도 못 올려준 아내에게
하얀 면사포를 씌워주는 남편은 체면이 섭니다.
그들은 누가 봐도 깍지 속의 콩, 천생연분입니다.

말쑥하게 차려입고 넥타이를 맨 멋진 남편과
분홍색 한복에 다소곳이 하얀 면사포 쓴 아내는
오늘부터 새신랑 새신부로 새롭게 출발합니다.

동네방네 사람 다모여 진정어린 축복을 보냅니다.
등에 업힌 아가도 목 빼고 축복에 한 표 얹습니다.
푸른 바람결에 만국기도 펄럭펄럭 끼어듭니다.
'근검절약으로 새 생활 이룩하자'
'새 마음 새 정신 복이 오고 영광 온다.'
관청에서 빌어주는 계도 문구처럼 그들에게
청명한 하늘같은 사랑이 함께 하길 기원합니다.

1978. 10. 합동결혼식(길상사)

새마을 합동결혼식(길상사)

야외 합동결혼식이 열리고 있는 이곳은 흥무대왕 김유신의 영정을 모신 사당, 길상사이다. 김유신은 고구려, 백제, 신라 삼국을 하나로 통일시킨 신라의 명장이며, 이루어질 수 없는 사랑이 낳은 아들이다. 멸망한 가야 사람으로 신라 최고의 위인이 된 그의 일생을 살펴보면 신분 상승을 위한 피나는 노력이 눈물겹게 읽힌다.

살아서는 임금 아래 더 이상 오를 곳이 없는 최고의 관직, 태대각간의 자리까지 올랐다가 죽어서 왕으로 추봉된 유일무이한 분이다. 충북 진천 태생이다. 그가 진천에서 태어나게 된 사연에는 부모님의 사랑 이야기가 전설로 내려온다.

김유신의 아버지 김서현은 가야 왕가 후손으로 신라에 복속된 후 전장을 전전하며 공을 세워 진골로 겨우 편입된 장군이다. 어머니 만명부인은 진흥왕의 동생인 숙흘종과 진평왕의 어머니인 만호태후 사이에서 난 딸이다. 김서현과 만명은 서로 사랑하는 사이였다. 골품제를 중시했던 신라 왕가에서는 절대 이루어질 수 없는 사랑이다. 하여 둘 사이를 떼어 놓기 위해 왕실에서는 만명을 별채에 가두고, 서현은 신라의 변방인 진천의 태수로 발령을 낸다.

그날 밤 벼락이 쳐 별채의 문이 부서지고 그 틈을 타 만명은 사랑하는 남자, 서현을 따라와 진천에 정착을 하게 된다. 이렇게 하여 태어난 아이가 김유신이다. 당시엔 획기적인 일이 아닐 수 없다. 이루어질 수 없는 사랑을 이룩한 위대한 사랑의 승리인 셈이다.

그래서 사랑의 결정체인 그의 영정이 모셔져 있는 길상사에서 결혼식을 올려줄 생각을 한 것일까. 혼인식도 못하고 사는 사람들에게 깃든 사연은 또 얼마나 애잔하겠는가.

모처럼 양복 말쑥하게 차려입은 늙수레한 신랑과 연분홍 치마저고리에 하얀 면사포를 쓴 새댁이 한 폭의 수채화다. 이들을 축하하기 위해 동네방네 사람들이 빼곡히 모여 축복을 보낸다. 영문도 모른 채 엄마 등에 업힌 아가들도 포대기 속에서 목 길게 빼고 두리번두리번 하며 축복에 한 표를 얹는 모습이다.

'새 마음 새 정신 복이 오고 영광 온다.'

10월 상달에 뒤늦은 결혼을 하게 된 이들에게 보내는 큼지막한 축하 문구가 정겹다. 은근히 전해지는 우리네 인정이 훈훈하게 와 닿는다.

창호지 문의 품결

찬바람이 방으로 들어오려 문풍지 흔들던 날
방안 화롯불엔 옛이야기가 구수하게 익어갔다
으레 한둘쯤 묻어둔 고구마의 맛이었을까.

화롯불에 바글바글 끓인 청국장 투가리에
온 가족 숟가락이 같이 드나들던 두레밥상은
방문 밖에서 서성이던 바람과도 정을 나눴다.

어릴 적, 문고리에 쩍쩍 달라붙던 추위에서도
따뜻함이 묻어났던 건 창호지가 지닌 품성,
안팎이 절로 순환할 수 있는 품결 때문이다.

아침저녁으로 삽상한 바람이 돈다. 추석을 앞두고 아버지는 볕
발 고운 날을 잡아 창호지 문 바르는 일을 했다. 안방, 윗방, 건넌
방, 사랑방 문을 죄다 떼어 뜨락에 비스듬히 세워 놓는다. 누렇게

바랜 문종이를 신나게 쭉쭉 찢어내는 일은 어린 우리들 몫이다.
아버지는 문살 사이에 더덜더덜 남아 있는 문종이 조각을 마저
뜯어내고 묵은 먼지를 말끔히 닦았다. 알몸을 드러낸 문살이 목욕
재개하고 새 옷 입을 준비를 하고 있다.

말갛게 쒀 놓은 풀을 문살에 듬뿍 바르고 아버지는 엄마와 양쪽에서 창호지를 아귀 맞춰 올려놓고 방비로 쓱쓱 쓸었다. 바가지에서 물 한 모금을 물어 양 볼이 빵빵해지도록 그 위에 뿜었다. 뽀얗게 포말로 부서지는 물안개가 햇살에 빛난다. 종이에 물을 뿌리는 일이 마냥 신기했다. 물 먹고 밝은 햇살에 새하얗게 단장한 문짝은 이내 팽팽하게 살아난다. 문고리 부분에 코스모스 꽃장식도 했다. 앉은 눈높이쯤에 손바닥 반 크기만 한 애교 유리창은 문을 열지 않고도 밖을 훤히 내다볼 수 있는 또 다른 눈망울이다.

말끔하게 새 옷을 맞춰 입은 문짝은 다시 제 자리로 돌아가 본연의 몫을 행한다. 찬바람은 막아주고, 때론 바람과 이야기를 나누며 소통을 한다. 창호지 문은 늘 아늑하고 정겹다. 술 한 잔 입에 대지 않는 아버지의 깐깐한 성품처럼 빈틈없어 보이지만, 유리처럼 차지 않다. 포근함이 묻어난다.

문풍지가 심하게 울던 날도 방안은 따뜻했다. 화롯불이 있어서만은 아니다. 밖에서 추위에 덜덜 떠는 바람을 문풍지로 받아주는 문종이의 품결 때문이다. 창호지는 가슴 밑바닥에 잠재해 있는 여유로운 우리네 품성을 고스란히 닮아 있다. 지금은 창호지를 바르던 문도 없고, 문을 바르던 아버지도 멀리 떠나셨다. 그래서 그리 더 그리운 건지도 모르겠다. 창 너머 몇 안 되는 코스모스만이 애잔하게 흔들리며 가을로 접어들고 있다.

은행나무 가로수

가을 단풍이 절정이다. 은행나무 가로수가 일제히 노란 제복으로 갈아입고 사열에 들어 있다. 당당하고 일사분란하다.

"받들어 총"

갑자기 기온이 뚝 떨어지고 바람이 인다.

"충성"

집 앞 길가의 은행나무 아래 황금 빛 은행 알이 와르르 쏟아져 엎어진다. 차도 쪽으로 떨어진 녀석들은 자동차에 갈려 형체도 알아볼 수 없을 정도로 으깨져 진물이 낭자하다. 보도블록으로 떨어진 것들의 수난도 크게 다르지 않다. 일부는 이미 구둣발 아래 짓이겨졌거나 다행히 온전한 몸을 유지한 것도 욕을 옴팡 뒤집어쓰고 있다. 고약한 냄새가 발바닥에 묻을세라 사람들이 까치발로 비켜가니 치욕적이다. 그 탓에 아름다운 은행잎은 싸잡혀 눈총을 받는다.

은행나무 입장에서는 어쩌다 이리 천덕꾸러기가 되었나 어이없는 일이 아닐 수 없다. 어느 나무들인들 환경 좋은 숲속에서 자라고 싶지 않으랴. 부득불 길가에 심어 놓을 때는 언제이고, 이제 와서 뭇매를 들이대나 싶을 게다. '살아 있는 화석'이란 별칭이

붙을 만큼, 우리 인류와 가장 오랜 세월 함께 해 온 나무가 아닌가.

2억 년이 넘는 세월, 나름대로 역사와 전통을 고수했다. 뼈대 있는 양반의 가문으로 남녀가 유별하다. 씨앗을 심고 싹을 틔운다 해도 함부로 키를 올려 열매를 잉태하지 않는다. 20여 년 은근히 저를 성장시킨 후, 혼례 올리듯 암수가 마주보며 사랑 나눔의 절차를 거쳐야만 비로소 자손을 얻는다. 오죽하면 공손수(公孫樹)라 했을까. 이는 씨를 심어 손자 볼 즈음에 열매를 얻을 수 있다 하여 생긴 말이다.

묵직하고 신중한 삶을 엿볼 수 있다. 결코 함부로 대할 나무가 아니다. 현재 많은 지자체나 학교에서 상징나무로 내세우고 있기도 하다. 우리 진천군의 군목 역시 은행나무다.

은행나무가 가로수로 선택된 데에는 다 그만한 이유가 있었다. 어디에서나 잘 자랄 수 있고, 도심의 대기오염 속에서도 잘 견딜 수 있음은 기본이다. 벌레가 끼지 않고 대기 중의 중금속 물질을 흡수하는 정화식물이란 점이다. 한여름 적당한 그늘과 아름다운 단풍, 그리고 유실수라는 것이 한몫을 했다.

불과 20~30년 전만해도 길가에 은행이 저리 천덕꾸러기는 아니었다. 은행이 떨어지기가 무섭게 주워갔다. 아니, 떨어지기도 전에 나무를 두들겨 억지로 떨어내기 일쑤였다. 우리 집 앞 은행나무의 경우, 하도 두들겨 맞아 겉껍질이 너덜너덜 해진 것을 한두 번 본 게 아니다. 지자체에서 가로수의 열매 소유물에 대한 조례를 정해 함부로 손대지 못하게 한 것도 그래서였지 싶다.

요즈음에는 아무도 주워가지 않는다. 먹을 것이 풍부하고 삶이 윤택해져 그런 것인지. 중금속을 흡수한다하여 그런지는 모르겠지만 냄새나는 골칫거리로 전락한 것이 씁쓸하다. 암나무를 수나무로 교체한다느니 방법론을 내세우고 있지만, 필요한 사람들에게 은행을 주워가 활용할 방법도 찾아보면 어떨까 싶다.

학창 시절 책갈피에 꽂았던 추억의 노란 은행잎은 그저 예뻐서뿐만 아니라 책갈피 속에서 곰팡이와 좀벌레로부터 책을 보호하는 방부제였다. 오염되지 않은 내 어릴 적 노란 추억이다.

chapter 2

도리깨타작

옛 나무다리

돌 틈으로 한가로이 송사리 떼 몰리고
어스름 녘 스멀스멀 올갱이 고개 들던,
개울물이 한가로이 가을 속을 흐른다.

나락 한 짐 가득한 우마차 끌고
누렁소가 느릿느릿 개울을 건넌다
우리네 농가의 무던한 상머슴이다

얼기설기 나무판 엮은 허름한 다리 위
누렁소 이끌고 막바지 가을걷이 하는 길
"누렁아, 힘들어도 조금만 더 고생하세."

구수하게 쇠죽 쑤어 만찬 마련해 주고
벅벅 등 긁어 하루의 피로를 풀어주던
빛바랜 그리움이 가을볕에 일렁인다.

초평면 원대마을 앞 개울(1977년)

모처럼 향토사연구회 사무실에 들렀다. 지역에 관한 자료를 발굴해 기록으로 남기는 것을 사명으로 알고 있는 사람들이 모인 곳이다.

그곳에서 요즈음 보기 드문 1970~1980년대 귀한 사진을 만났다. 초평면 원대마을 앞개울에 가로 놓인 나무다리 풍경이다. 우마차를 끌고 개울물을 건너는 누렁소와 소를 몰고 허름한 다리를 건너고 있는 농부의 모습이 까마득히 잊고 있던 내 어린 날의 기억을 고스란히 건져 올리고 있다.

곁에 두고 싶지만 그럴 수 없어서 애가 타는 마음, 추억을 그리는 애틋함을 그리움이라 했던가. 여기, 빛바랜 사진 속 순간순간이 가슴 한 켠에 웅크리고 있던 그리움이다. 말없이 한참동안 그를 마주하고 있으면 아스라이 그때 그 시절이 가슴에 와 안긴다.

나는 개울 건너 5릿길을 걸어서 초등학교를 다녔다. 한여름, 밤새 빗줄기가 줄기차게 쏟아지는 날이면 잠을 설치기 일쑤였다. 그때에 장대비는 왜 그리 무섭던지, 우르르 꽝꽝 천둥이 치고 번개가 번쩍거릴 때마다 눈과 귀를 막고 잘못한 것이 없나 가슴을 졸였다. 언제 어디서부터 나돌게 되었는지는 모르지만 죄를 많이 지으면 벼락 맞아 죽는다는 말이 돌았기 때문이다. 당시 벼락은 곧 하늘의 징벌로 알았다.

밤새 요란스럽게 빗줄기가 쏟아지고 난 다음날 아침, 책보를 들고 개울가에 당도해 보면 개울물은 벌써 황토 빛으로 소용돌이를 치고 있었다. 다리를 곧 삼킬 듯 넘실대는 흙탕물을 바라보며 모두들 발을 동동 구른다. 나는 동동거리는 마음 한 구석에 '제발 다리가 떠내려갔으면'하는 바람이 물살보다 더 세게 흘렀다. 다리가 떠내려가면 학교를 가지 않고 공공연히 집에서 놀 수가 있었다.

다리를 떠메고 무섭게 흐르던 개울물이 하루 낮밤을 빠지고 난 이튿날은 다리 없는 개울을 철퍼덕거리며 건너야 한다. 허벅지까지 치마를 걷어 올리고 까치발로 건넌다. 그렇게 한 해에 한두 번씩 겪었던 물난리 속의 추억은 유년과 함께 멀찍이 밀려나 있지만 이따금 겅중겅중 뛰어나와 나를 미소 짓게 한다.

가만히 생각해보면 사람은 자연과 뒹굴며 더불어 살아갈 때 더 정겹고 잔잔한 인간미가 흘렀지 싶다. 낡은 사진 속 그때 그 시절의 정경들은 다소 투박해 보이고 남루한 형색이지만 왠지 모를 넉넉함이 느껴진다. 시큼한 땀 냄새 배어나던 내 어버이의 체취가 묻어나 따뜻해 온다. 사람 냄새 물씬한 정겨움 그 자체였다.

손 모내기

야기도 ~ 허 하나, 저허 ~ 저기도 ~ 또 하나
듬성듬성 꽂더라도 삼배출짜리로 꽂아주오
울울창창 자란 벼는 장잎이 청청 영화로다
덕산 덕문 큰 방죽에 연밥 따는 저 큰 애기
연밥 줄밥 내 따 줄게 이 내 품에 잠자주오

덕산면 대월들 옥골들 일대에서 논농사를 지으며 구전되어 온 들노래의 한 자락이다. 금강의 한 줄기인 미호천 유역 들노래 특성이 잘 보존되어 충북의 무형문화재 제 11호로 지정되어 있다. 모 찌는 소리, 모 심는 소리, 논 매는 소리, 논 뜯는 소리, 풍장소리로 구성되어 있다.

노랫가락을 타고 모진애비가 연신 모 타래를 논바닥에 첨벙첨벙 던진다. 벼 포기 꽂아대는 모꾼들의 두 손은 더욱 바빠진다. 씨줄 날줄 못줄 잡이 추임새에 맞춰 뒷걸음질로 모심기가 한창이다. 논에 심은 모들이 푸릇푸릇 터를 잡아간다.

이때쯤 광주리 가득 새참 머리에 인 아낙이 논둑길로 접어든다. 아낙의 발걸음보다 한 발 앞서 아욱된장국 구수한 향기가 먼저

1980년, 고교 모내기 봉사

1980년대, 삼덕리 모내기 풍경

질펀한 논배미로 내달린다. 솥뚜껑 엎어놓고 들기름에 지져낸 붉은 고추장떡이 뒤를 따른다.

　종아리에 엉겨 붙은 거머리 떼어내고 봇도랑 물에 대충 손을 씻고 모두들 논두렁에 옹기중기 걸터앉는다. 지나가는 사람도 눌러 앉히고 저 멀리 혼자 일하는 이웃 들녘 사람도 불러들인다.

　"고수레" 누가 먼저랄 것도 없이 땅 신에게 음식을 한 술 던져 예를 차리는 행위도 잊지 않는다. 고수레는 흔히 '고시래'라고도 하며 먼저 땅을 담당하는 신에게 고하고 음식을 들었다. 아마도 발밑의 미물이나 들에 사는 작은 생명체들을 위한 배려가 아니었을까 싶다.

　양은대접 철철 넘게 건네주는 막걸리 한 대접 쭉 들이켜면 세상 부러울 게 없었으리라. 벼 포기 포기마다 품앗이 정을 나누던 그때 그 시절이 잘박잘박 논배미를 걷고 있다.

들녘 탁아소

모두 모여 '나처럼 해 봐요. 요렇게'
노래와 율동으로 시작되는 탁아 활동은

서너 살부터 예닐곱까지 나이도 제각각,
쫄레쫄레 따라하는 동작도 제각각이다

모내기, 보리베기 바쁜 일철 나서면
엄마 아빠는 해 종일 들에서 살고
마을 앞 공터엔 농번기 유아원이 열린다

땅심 받는 벼 포기 살그랑살그랑 몸 흔들고
햇살과 흙, 바람, 아이가 그대로 자연이 된
순수한 농촌의 풍경은 한 폭의 수채화다.

일철 나서면 마을 앞 공터엔 농번기 임시 탁아소가 운영된다.
농사일에 바쁜 부모들을 위한 배려다. 당시 미취학 아이들은 온
동네, 온 들녘이 학교이자 놀이터였다. 사진 속에서 아이들의 율

동을 지도하는 선생님들은 아마도 새마을 협동유아원이 생기면서 속성으로 유치원교사 양성 과정을 거친 선생님들이 아닐까 싶다. 선생님이야 어떻든 크고 작은 아이들은 형제자매가 다 함께 섞여 있음이 분명하다. 보통 두세 살 터울로 4~5남매가 한 집에서 아옹다옹하며 살 비비고 살았다.

떼로 몰려다니며 노는 아이들 목소리가 온 동네 골목을 떠들썩하게 하던 시절이다. 동생은 형이나 언니 누나를 따라가려고 기를 쓰고, 형 언니들은 동생들을 떼어놓고 제 또래들끼리 놀러 가려고 숨바꼭질이 이루어지곤 했다.

스무 명 남짓의 아이들과 몇 명의 선생님들이 함께하고 있는 들녘 탁아 현장이 재미있어 보인다. 온전히 따라하는 아이는 몇 안 된다. 선생님의 몸동작과 아이들 몸동작이 다 제각각이다. 어설픈 몸짓이 아이답다. 여기선 잘못한다고 쥐어박는 일도 없다. 무엇이 문제되랴.

아무렇게나 입은 허름한 옷차림에서 애잔한 정이 느껴진다. 바쁜 일손 놓고 누가 아이 옷매무새 챙기고 머리 종종 땋아 리본을 매 줄 것인가. 대부분 단발머리다. 이것이 당시 우리네가 살아온 자연스런 모습이요, 시대상이지 싶다. 불과 몇 십 년 전의 일이 아득한 옛일처럼 느껴진다. 그만큼 세상이 급변했기 때문이리라.

2018년도 9월부터는 아동수당이 지급된다. 나라에서 아이 키워주는 시대가 왔다. 아이들 키우기 참 편한 세상이 되었다. 보육시설도 좋아졌다. 기저귀를 차고 있는 아이들을 받아주는 영유아시설도 늘었다. 여성이 직장 다니는데 아이 때문에 발목 잡히는 일이 많이 줄었다. 남자들에게도 육아 휴직이 주어지지 않는가. 그럼에도 불구하고 여전히 아이 낳기를 꺼린다. 자식보다는 자신의 일을 더 중시한다. 동네에 아이들 울음소리가 멈춘 지 오래다. 마을이 적막강산이다. 이제 마을에서 뛰노는 아이들을 볼 수가 없다.

그 옛날 골목길에서, 들녘에서 아이들이 즐겨 놀던 놀이와 그 속에서 자연스럽게 터득되던 사회성, 인성이 교육과정에 따로 편성되어 교육되고 있다. 자꾸 사람이 제도권으로 묶이고 기계화 되어간다. 이러한 현실에서 낡은 사진 한 장이 마음을 훈훈하게 해준다. 옷 입은 차림새며, 아이들 몸동작 하나하나에서 미소가 절로 물린다.

추곡수매

이른 봄부터 주인과 고락을 함께 해온 나락들,
새색시인양 단장하고 가마니 속에 얌전히 들앉아
드디어 줄줄이 평가를 받는 날입니다.

'잘 좀 봐주지'
알량한 친분 내세워 눈 찔끔대도 오늘은 영 딴전,
다가온 검사원이 일본 순사처럼 느껴집니다.
가슴팍 '쿡' 찔러 보고는 1등급, 2등급, 등외,
도장 한번 찍으면 그것으로 값이 매겨집니다.

추곡수매 하는 날
영자네는 아들딸 혼사 밑천으로,
복이네는 대학등록금으로 몫몫이 정해지지만
한 자락 우수리로는 쇠고깃국 푸짐하게 끓여
온 가족 두레밥상에서 도란도란 시름을 달랬다.

상산농협 추곡수매 풍경(1979년)

1979년 가을, 농협공판장 앞이다. 나락이 볏가마니 속에 켜켜이 담겨 총출동해 있다. 한 해 동안 농부들이 흘린 땀과 정성, 그리고 사랑이 빚어낸 결정체이다. 보기만 해도 배가 부르다. 이날을 위해 아버지 어머니는 봄부터 볍씨를 고르고 씨앗을 뿌렸다. 쌀은 사람의 손길이 여든 여덟 번을 거쳐서 탄생된다고 하지 않던가. 하얀 쌀밥에 고깃국 한 그릇이면 흐뭇한 밥상이 되던 그때 그 시절 추곡수매 사진 한 장을 마주하니 어릴 적 기억이 풍요로와 안긴다.

추수한 볏단을 집으로 끌어들이는 날이면 괜스레 신이 나서 경중거렸다. 소달구지나 지게로 져 나른 볏단을 앞마당에 수북이 부려두면 한편에선 저녁 해가 뉘엿해지도록 둥그렇게 낟가리를 쌓아올린다. 동네사람들이 품앗이로 일을 거들고, 볏단을 들어주는 아이들 조막손도 한 몫을 한다. 부지깽이 일손인들 마다할 때가 아니다. 담장보다 더 높이 올라가는 벼 낟가리를 보면 어린 나이에도 부자가 된 듯 뿌듯했다.

다음날은 종일 와랑와랑 탈곡기 소리로 동네가 요란하다. 그 당시 우리는 탈곡기를 '와랑'이라 불렀다. 아버지와 동네 아저씨가 같이 탈곡기를 밟아대며 정신없이 볏단을 들이대면 벼들은 순식간에 후드득 털리고, 빈 볏단은 연신 등 뒤로 넘겨진다. 신기하게 둘이 기계처럼 한 몸으로 움직인다. 볏단을 집어주는 사람, 터는 사람, 뒷배 보는 사람들이 척척 호흡을 맞춰 일사천리로 일을 해 나간다. 잠깐 쉴 참에 그 신기한 와랑기를 한번 밟아 볼 요량으로 대들다 어른들에게 혼쭐이 나기도 했다.

탈곡된 나락은 햇볕에 적당히 잘 말려야 수매에서 상위 등급을 받는다. 온 정성으로 가꾸어 탈곡한 볏가마니들이 농협 마당에 즐비하다. 켜켜이 쌓인 채 등급 판정에 마음을 졸이고 있노라면 길쭉한 대롱 하나가 '쿡'하고 가마니 옆구리 한쪽을 쑤시고 들어온다. 대롱에 담긴 나락의 상태를 보고 검사원이 등급을 내리고 등급에 따라 값이 매겨지는 것이다. 그러니 검사원과 어떻게라도 눈을 좀 맞추고 잘 보이려 애를 썼을 테다.

1970년대 그때 그 시절 농촌에서는 추곡수매가 가장 큰 목돈 마련의 창구요, 한 집안 연간 계획의 토대였다. 탈곡기 소리와 함께 자란 아이가 어른이 되어가는 동안 가계의 근간이 되었던 쌀농사의 가치도, 추수 풍경도 옛이야기가 되어 간다.

사진속의 추억이 와랑와랑 가을볕 속으로 넘어가고 있다.

누에고치의 꿈

47일간의 생을 명주실로 풀어 비단을 꿈꾸는 누에는
하늘밑에 벌레(蠶), 하늘이 인간에게 내린 선물이다
첫밥 먹은 개미누에 자고 먹고 벗기를 반복 네 차례·
만 배 무게 늘려 다섯 살 익은누에로 섶에 오른다

자연을 닮은 순박한 우리네 마음 같은 생명주
사리사리 따리 튼 고치 속의 질박한 삶이
아름다운 비단으로 거듭나길 꿈꾸며,
누에는 뽕잎만을 고집하며 마흔 날을 살다

일주일간 제 몸 줄여 말갛게 속내 비추일 때
포시락 포시락 입방아 질, 토해낸 명주실로
한 땀 한 땀씩 날줄 씨줄 오달지게 지은 집
곱고 하얀 고치로 맞선대에 올라 꿈에 부푼다.

누에고치 수매 풍경(1975년)

농심, 땅심

잘 여문 알곡 모두 내어주고
빈 마음이 된 너른 들녘에
떨어진 나락 찾아 날아든 참새와
서리 맞은 바람이 서성댑니다.

"볏짚 깔고 깊이 갈아 잃은 땅심 다시 찾자."
우직하고 부지런한 농심은
애틋한 마음으로 秋耕(추경)을 시작합니다.
무더기무더기 붉은 흙, 客土(객토)를 합니다.

가슴 저 밑바닥에 쟁여진
한 방울의 양분까지 모두 뽑아
알곡을 키우느라 누렇게 뜬 얼굴로 서걱대는
빈 들녘 땅에 대한 배려, 어루만짐입니다.

7080년대 그때 그 시절은 그렇게
농심, 땅심이 한마음으로 서로 보듬으며
식량증산, 배부름이 최대 목표였지요.

지게질 복토 현장

농토배양발대식(1982년)

땅은 생명체를 살리는 자양분이다. 가을걷이를 마치고 나면 객토를 한다. 객토는 농약이나 비료, 한 해 농사를 짓는 중에 망가진 농토를 되살리기 위해 논밭에 황토를 섞는 일이다. 사람이 보약을 먹듯 땅에 힘이 떨어질 무렵 기력을 보충해주는 것이다. 함께 살아 숨 쉬는 동반자로 여겼다. 우리 조상들은 무자비하게 빼앗지만은 않았다. 땅으로부터 얻은 만큼 반드시 내어주고 달래주며 소중히 여겼음이 읽힌다. 객토뿐이 아니다. 나락 거둬들인 논바닥엔 볏짚, 볏가리가 즐비했다. 일부는 내년 농사를 위해 볏짚과 함께 땅을 갈아엎었다. 이 역시 땅에 양분을 주기 위함이다.

요즈음은 볏짚이 쌓인 논은 보기 힘들다. 대신 하얀 덩어리들이 나뒹굴어져 있다. '곤포사일리지'라 한다. 이는 볏짚 따위를 비닐로 밀봉하고 발효시켜 사료로 판매된단다. 누군가는 그것을 공룡알이라 했다. 농담이긴 했지만 현대 문명이 낳은 거대한 공룡알 맞다.

알을 깨고 나온 공룡들이 땅을 하얗게 지배하기 시작했다. 벼 포기들이 늠실늠실 자라던 논배미가 거대한 비닐하우스로 변해 흰 물결 바다를 이루어 간다. 농가 소득을 위한 특용작물 재배단지이다. 이것이 자연을, 땅심을 야금야금 갉아먹는 공룡이 아니고 무엇이랴.

한해 농사로 허옇게 핏기 잃은 농토에 지게로, 리어커로 붉은 황토 보약을 퍼 먹이던 농심이 그립다.

사이펀 저수지

봄이면 햇살에 찰랑이는 물결 헤치고
산란 맞은 붕어들 반짝 튀어 오르는
내 고향 생거진천의 젖줄, 백곡 저수지

사이펀 저수지로 더 많이 알려졌던 곳
단발머리 나폴나폴 소풍 나서면
없는 바다 대신하여 꿈을 키워 주던 곳

진공흡입식 사이펀 시설 가슴에 묻은 지 30여년,
성내지 않고 안으로 삭이며 다독이는 순한 물결,
너른 품으로 수많은 생명체를 품고 키워냅니다.

수몰된 사이펀 시설물(1983년)

　언제 만나도 늘 푸근하고 평온해 보이는 여인이 가까이에 있다. 넉넉한 품으로 진천의 들녘을 먹여 살리는 여인, 백곡저수지이다.

　1949년 축조되었으니 나이 종심에 이른다. 마음이 하고자 하는 바를 좇아도 도에 어그러지지 않을 나이다. 연륜답게 물빛도, 잠잠히 일렁이는 물결도 삿됨 없이 맞아준다. 늘 우리 곁에서 흥건한 젖줄이 되어 수많은 생명체와 꿈을 키워내고 있다. 그런 저수지 물머리에서 수몰된 내 어린 날의 기억을 낚는다.

　멱 감고 올갱이 잡던 마을 앞 냇가에서, 따가운 햇볕에 달구어진 돌들을 판판하게 깔아 방을 만들며 소꿉놀이하던 친구들의 옷음이 까르르 들려온다. 한겨울 모두가 웅크리고 집안에 틀어박힐 즈음이면 슬그머니 제 몸을 꽁꽁 얼려 건너 마을과 하나로 이어주며 아이들을 불러냈다. 살얼음 진 곳에 빠져 젖은 양말을 모닥불에 태우고 들어와 꾸중을 들어도 마냥 행복한 동심이 키득대는 소리가 머문다.

20릿길 읍내에 있는 고등학교 통학 길은 버스가 예고도 없이 종종 결행을 했다. 터덜터덜 걸어서 등교를 하던 날엔 아침 햇살을 받아 은빛으로 빛나는 물결 위로 붕어들이 반짝 튀어 올라 봄볕을 쬐곤 했다. 동양 유일의 사이펀식 저수지란 명성을 갖고, 학생들의 소풍지로 첫 번째 꼽혔다.

그런 그녀가 1983년 장년의 나이에 접어들면서 확장 재 축조공사란 이름으로 대수술을 통해 몸집을 한번 크게 불렸다. 그 바람에 내 유년의 추억과 함께 아버지의 논도 엄마의 강변 밭도 수몰되었고, 사이펀 시설도 깊이 가라앉았다. 그리고 2012년 또 한번 몸을 뒤틀어 둑을 높였다.

그래도 가난하던 그 시절 그녀로 인해 목을 축였고, 몸이 쩍쩍 갈라지도록 온몸 풀어 우리의 알곡을 키워내던 어머니의 마음은 아직 그대로 남아 있다. 그래서 백곡저수지는 생거진천의 영원한 어머니요, 나의 노스탤지어다.

오늘은 반상회

스무닷새 오늘은 반상회 날입니다
"일찌감치 저녁 잡숫고 이장집으로 모이셔유."
커다란 안내판이 있지만
확성기도 단단히 한 몫을 합니다.

바깥주인은 뜨끈하게 군불을 지피고
안주인은 양은솥 가득 동태찌개를 끓여
절굿공이로 갓 찧어 만든 인절미와
바알간 홍시를 곁들여 밤참을 냅니다.

온 방안 가득 마을 사람들이 모이면
반장님의 공지사항이 전달되고, 한편으로
아낙네들 소곤거림에 방안이 정겹습니다.

깊어가는 겨울밤과 함께 그 시절 반상회는
마을 대소사의 논의(論議) 뿐만 아니라
이웃 간의 소통, 화합, 친목의 장이었습니다.
아랫목보다 더 따뜻한 인정이 있었습니다.

반상회 알림 차량(1981년)

나가 일등 한우여

미인대회는 사람들만 있다더냐, 나도 잘났다.
세상에 저보다 잘난 놈 없는 줄 알던 저 숫소
호기도 당당하게 품평 대회장에 등장하더니
만만찮은 심사위원 눈빛에 살짝 오금이 저린다

혈통부 옆에 끼고 이상유무 확인하던 심사위원은
키 재보고, 체중 달고 앞태보자, 뒤태보자 옆모습까지
빙빙 돌아보며 꼼꼼 살피더니 운동장을 걸어보란다
'잘 생겼다' 툭툭 등 두드려 외모에서 합격선언.

좋은 유전자 가졌는지 정액검사도 한몫,
뭔 놈의 기준이 이리도 까다로운 겨?
실눈 뜨고 살그머니 흘겨보는 황소의 저 눈빛,
그래도 무던해 보이는 건 한우이기 때문이려니

든든한 살림 밑천, 혈통 좋은 우리 한우
한우개량 일등공신, 챔피언 종모우는
밭 갈고 논 써리며 농가에 큰 힘 되었지.

가축품평회(1980년)

한우 챔피언 메달

나가 한우 일등 한우여!

가축품평회는 농가의 가축 사육 의욕을 높이고 한우의 질을 개량하기 위해 우수한 체형의 가축을 선발하여 시상하는 대회다. 특히 한우의 인공수정사업 보급을 위해 종모우를 선발하는데 큰 목적이 있다. 그 만큼 기준도 까다롭다. 혈통부는 기본이고 키, 몸무게, 앞태, 뒤태, 옆모습, 워킹까지 살펴본다. 좋은 유전자를 보기 위해 정액검사 역시 필수란다. 미스코리아 선발대회를 방불케 한다.

미스코리아 선발대회는 1957년 처음으로 실시했다. 해외에 한국의 미를 알리는 대표를 뽑는 것이 목적이었다. 그 당시 상금은 삼십만 환이었고, 미스유니버스 한국대표로 참가할 수 있었다. 2등 당선자는 상금 십만 환에 양단저고리 한 감, 양복지, 목걸이, 치마저고리 한 감, 은수저 등이었다 한다. 화폐 단위도 다르고 상품은 한복감이라니….

그 후 미스코리아 선발대회는 온 국민의 관심사였다. 텔레비전 앞에서 남녀노소 모두의 마음을 하나로 모으는 마력이 있었다. 여자들에게는 장래희망으로 꼽힐 만큼 선망의 대상이었다. '오 필승 코리아'를 외치며 온 국민을 열광의 도가니로 몰아넣었던 월드컵 축구대회의 인기, 그 이상이었다.

한우 챔피온 대회 역시 농가에서는 최대 관심사였다. 1969년 10월 '제 1회 전국 한우챔피언대회'를 시작으로 매년 실시되었다. 1975년부터 '가축품평회'로 명칭을 바꾸었다가 1978년부터는 '전국축산진흥대회'라 이름을 바꾸어 개최하였다.

주인과 함께 심사장에 나타난 황소가 마치 장관 임명을 앞두고 청문회장에 나와 여러 국회의원들로부터 신상털이를 당하는 모습이다. 그래도 어쩌랴. 좋은 품종을 널리 보급하기 위해서는 철저하고 우량한 종자를 가려 뽑아야만 하는 것을. 사람이든 동물이든 겉과 속이 한결 같이 반듯해야함을 여기서도 본다.

도리깨 타작

왔나? 왔네,

왔으면 어여차,　때리게 어여차

여치고 어여차, 저치고 어여차,

둘러서 어여차, 내리쳐 어여차

증평군에서 전승되어 온다고 하는 도리깨질 소리다.

햇살이 따갑다. 알곡을 여물리기 위해 마지막 기를 끌어올리느라 발갛게 상기된 햇발이 들녘에 가득하다. 남편의 얼굴도 붉게 물들었다. 정년퇴직을 하고 난 뒤에는 아예 밭에 나가 산다. 밭한 뙈기를 몇몇이 나눠하는데 우리 몫은 200~300평정도 된다. 오만가지가 다 심겨 있다. 옹골찬 취미활동이다.

다른 이들의 밭에 비해 윤기가 자르르하다. 첫 새벽에 나갔다가 해가 중천에 치솟을 무렵에 들어와 한잠 늘어지게 잔다. 해가 설핏해지기 무섭게 또 밭으로 달려 나간다. 정성이 뻗쳤다. 그 정성에 감복을 했는지 설익은 농사꾼의 수확물이 제법 실하다. '곡식은 주인의 발자국 소리를 듣고 자란다.'는 말을 실감한다.

도리깨 타작, 섯밭마을(1978년)

　나는 농사꾼의 딸로 태어났어도 농사에 전혀 관심이 없다. 내가
농사에 참여하는 것은 수확 때 잠깐 뿐이다. 들깨나 참깨, 콩을
터는 일이다. 깨는 베어서 마주 세워 두었다가 마르면 밭 한 귀퉁
이에 비닐포장을 깔고 부지깽이만한 나뭇가지로 턴다. 쪼그리고
앉거나 엉거주춤 서서 깻단을 거꾸로 들고 톡, 톡, 톡 두들기면
오소소 소리를 내며 깨알들이 발치에 쏟아져 쌓인다. 아무리 농사
에 무관심했어도 이때만큼은 재미가 쏠쏠하다. 기껏해야 한두 말
분량이지만 깨알같이 쏟아진다는 말이 이런 것이구나 싶다. 봄,
여름내 가뭄, 폭염과 싸워 이긴 남편의 자랑스러운 전리품이다.

몇 아름 안 되는 콩은 쪼그려 앉아서 털었다. 콩 수확은 원래 다 여물면 뿌리째 뽑아 바사삭 소리가 날 만큼 말렸다가 많으면 도리깨로 털든가 그리 많지 않으면 쪼그리고 앉아 방망이로 두들겨 턴다. 도리깨로든, 방망이로든 두들겨 털 때마다 콩들은 사춘기 애들처럼 탁탁 튀며 대들기도 하고 제멋대로 튀어나간다. 제가 살 곳인지, 하수구인지도 구별 못하고 천방지축 그저 튀쳐나가려고만 안간힘을 쓴다. 오죽하면 콩 튀듯 한다는 말이 나왔을까.

아이 어르듯 살살 달래가며 힘을 조절해서 털어야 한다. 그런 다음 콩대와 깍지를 다 걷어낸 후 낟알들을 얻는 것이다. 일하기가 까다롭다. 콩대는 물론, 콩깍지까지 날을 세워 찌르고 고약을 떠는 바람에 장갑 없이는 도저히 일을 할 수가 없다. 얼마 되지도 않는 것 수확하기도 이리 어려운데 그 옛날 엄마 아버지는 어찌 그 많은 일들을 해 내셨을까. 손이 갈퀴가 되어 살아온 이유를 알 것 같다.

엄마 아버지는 마당에 멍석을 넓게 깔고 들깨며, 콩을 도리깨로 타작을 하셨다. '휘익 착' '휘익 착' 도리깨 휘추리 돌아가는 소리가 경쾌하다. 마주 서서 일하는 두 분의 호흡이 척척 맞는다. 팔만 살짝 움직이는 것 같은데 도리깨는 허공에 커다란 원을 그리며 내려와 착착 알곡을 토해내게 한다. 엉성해 보이면서도 곡식 알갱이를 야무지게 떨어낸다. 참으로 신기한 물건이다.

도리깨 휘추리를 너무 세게 치면 멍석 밖으로 멀리 튀어나가고,

약하면 호락호락 제 속을 내어 놓지를 않는다. 깍지 속에서 좀 더 버티며 존재감을 나타내고 싶은 모양이다. 도리깨와 깍지 사이에 보이지 않는 힘겨루기가 팽팽하다. 그들 사이에서 아버지는 적당히 어르며 타협에 들어간다. 엄마도 등짝에 땀이 촉촉이 흘러내릴 때까지 힘을 조절하며 호흡을 맞춘다. 둘이 마주서서 도리깨질을 할 때는 숨 쉬는 템포도 같아야 한다. 그러나 엇갈려 내리쳐야 서로 부딪거나 엉키지를 않는다.

엄마 아버지는 도리깨질 하듯 그렇게 마주서서 호흡을 맞춰 사셨다. 회혼이 넘도록 사시는 중에 어찌 힘든 일이 없었겠는가. 때로 꼬이고 부딪는 일이 왜 없었으랴. 그래도 내리치는 속도와 힘을 잘 안배하고 조절하며 알토란이 5남매를 키워내셨다. 난 이순이 넘도록 아이들에게 부모로서 해 준 것이 없다. 내 위주로 산 것 같아 때때로 미안하다.

둘이 또는 여럿이 하는 도리깨질은 내 위주가 되어선 안 된다. 상대방이 내리치는 방향과 속도를 보고 나를 맞추어야 다치지 않고 온전히 일을 해낼 수 있다. 다른 사람에게 나를 맞춰 가는 작업이다.

보릿고개 절구질

5월은 순순한 꽃향기로 그득하다. 노랑, 빨강, 분홍, 화사한 4월의 꽃이 진 뒤를 이어 5월이 눈 시리게 하얀 꽃을 피우기 시작했다. 길가에 이팝나무는 소쿠리 가득 쌀 튀밥을 이고 신작로를 걷고 있다. '아름다운 우정과 청순한 사랑'이란 꽃말을 갖고, 추억송아리를 다글다글 매달고 있는 아까시 꽃향기는 또 얼마나 달큰한가. 요즈음 지천으로 흩날리는 아까시꽃이 올해는 유난히 향기가 더 짙다. 이름 모를 새들의 지저귐도 싱그럽다.

"아름다운 계절에 태어났네요."

아침부터 수없이 카톡카톡 생일축하 꽃배달이 온다. 밴드에서도 축하 인사와 꽃바구니가 만발이다. 밝은 햇살, 순한 바람을 안고 이 세상에 온 것이 내심 흐뭇했다.

어렸을 때 아버지 생신 때면 한마디씩 하시던 엄마의 말씀이 생각났다. 노인네가 꼬장꼬장해서 생일날은 유난히 더 춥다며 동지섣달인 아버지 생신날을 탓하곤 하셨다. 생일상을 차리려면 앞뒤 허술한 나무 부엌문 사이를 비집고 들어오는 황소바람에 일

용박골 절구질 모습(1968년)

하기가 망하다고 하셨다. 당시 시골 우리 동네에서는 가장이 생일이면 동네 어른들을 불러 미역국 한 그릇일망정 아침을 나눠먹곤 했었다. 옆에서 돕는답시고 상에 행주질을 하고 수저를 놓으면 주르륵 미끄럼을 탔다.

그에 비하면 내 생일은 기온도 알맞고 아름다운 때라서 생일해먹기도 좋고, 엄마 또한 몸조리하기도 좋았을 것이라 생각했다. 다들 좋은 계절에 생일을 맞았다고 하는데 같이 의원을 지낸 분이 한마디 하신다.

"어머니가 고생 많이 하셨겠네."

느닷없는 말에 순간 멍해졌다. '엄마가 왜?'하는 내 눈초리를 의식하고 덧붙인다. 일 년 중 가장 배고플 때라는 것이다. 이를테면 보릿고개가 바로 이 무렵이라고 하셨다. 가을 양식은 떨어지고 보리는 아직 여물지 않았을 테니 먹을 게 없는 산모가 얼마나 배가 고팠을 것이냐는 거다. 난 여태 그걸 몰랐다. 생각해 본 적도 없다.

오죽하면 요즘 한창 흐드러진 하얀 꽃나무에 이팝이라는 이름이 붙었을까 이제야 헤아려 본다. 꽃나무를 보고 하얀 쌀밥이 떠올라 '쌀밥나무, 이밥나무' 하다가 이팝나무가 되었다 하지 않는가.

산모는 먹고 돌아서도 금방 배가 고프다는 말은 들었어도 엄마가 나를 낳고 배고팠을 것이라는 생각을 한 번도 해 보질 않았다는 사실이 더 어이없다. 무심했다. 말로만 듣던 그 무서운 보릿고개에 태어나 엄마를 힘들게 한 딸이었다. 가끔씩 하얀 꽃을 보면 무채색 쪽진 머리 엄마를 떠올리며 애잔한 마음이 들곤 했지만 그것은 엄마가 안고 태어난 팔자 때문이려니 했다.

엄마는 아주 어렸을 때 어머니를 여의고 새어머니에게서 아홉 동생을 얻었다. 십 남매의 맏이다. 여덟 살 때부터 밥하고 집안일을 했다. 새어머니의 구박은 없었지만 그 어머니가 들에 나가 일하시는 동안 여덟 살짜리가 절구통 밑에 받침을 놓고 올라가 보리 절구질을 하여 저녁을 지어 놓았다 한다. 언젠가 그 이야기를 들은 이후 나는 이모, 외삼촌을 막연히 싫어했다. 그들의 훤칠한 키도, 먹성 좋은 입맛도 마음에 안 들어 외갓집을 가지 않았다. 엄마만 유난히 자그마한 체구를 가진 것은 눈치 보며 어려서부터 동생들에게 먹을 것 다 빼앗기고 고생을 해서 그런 거라 생각했다.

키가 미처 자라기도 전부터 시작된 일은 팔십 일기로 세상을 떠나실 때까지 숙명처럼 따라 붙었다. 그런 엄마를 생각하면 애잔한 마음이 들었지만 나는 엄마를 위해 아무것도 한 것이 없다. 일 좀 그만하라는 말 이외 달리 할 것이 없었다. 뒤늦은 깨달음은 아무 소용이 없는 것이다. 혹여 시간을 되돌려 엄마와 함께 할 수 있는 시간이 주어진다면 엄마와 손잡고 이팝꽃 하얀 저 길을 걸으며 엄마의 응어리진 마음을 다독여 안고 싶다.

chapter 3

교련시간

참외서리

나무 그늘이 그리워지기 시작하면 떠오르는 추억 하나
해종일 마을 앞 냇가에서 멱 감으며 새까매진 악동들

꼬르륵, 샐쭉해진 배꼽시계의 알람 소리 울려올 때쯤
무성한 초록잎사귀 사이 숨어드는 그림자 하나, 둘, 셋
노랗게 익어가는 참외 위로 앙증맞은 손이 덮친다.

달빛 깊어가는 한여름, 노랗게 단물 든 참외서리는
허흐음, 허음, 원두막 한켠, 주인장의 헛기침 소리와
아슴아슴 달큰한 미소로 떠오는 어린 날의 추억,
삭막해져 가는 오늘을 돌아보는 정겨운 인심이었다.

물질보다 정이 먼저인, 맛깔 나는 사람살이의 맛
"아무 일도 없었다." 보고도 못 본 척 죄를 덮느라
길가 미루나무에선 쓰르라미 요란히 울어 제쳤지.

1960년대 참외 원두막

　'서리' 신나고 군침 도는 말이다. 사전적 의미는 떼를 지어서 주
인 몰래 남의 과일, 곡식, 가축 따위를 훔쳐 먹는 장난이다. 도둑
질과는 차원이 다르다. 어릴 적 나는 병약하고 지질해서 극성스럽
게 놀지도 못했고, 그 흔한 서리 한 번을 못해 봤다. 그래도 당시
우리들 사이에선 종종 있던 일이었기에 그저 정겹게 느껴진다.
　여름내 들로 냇가로 뛰어다니며 놀다 배가 고프면 살그머니 참
외밭으로 숨어든다. 잘 익은 노란 참외 두서너 개면 몇몇 개구쟁

이들의 허기를 달래준다. 서리꾼은 동네의 이쁜 아들딸들이다. 어디 어린애들뿐이랴.

다 큰 어른들도 사랑방에 모여 놀다 출출하면 서리 밤참을 즐겼다. 제집 닭서리며, 찬밥 훔쳐다가 비벼 먹던 일, 어스름 달빛 비켜 밟고 야밤에 나선 참외 서리는 듣고, 보는 것만으로도 신나는 일이다. 어린아이에서 성인이 되어가는 성장기의 무용담이다.

남폿불 걸어놓고 밤새 원두막을 지키는 주인은 안다. 뉘 집 사랑방에서 밤마실을 나온 건지. 그저 먹을 만큼만 따 가라는 듯 두어 번 헛기침으로 주의를 주며, 눈감아주는 주던 아량이 있었다. 나눠 먹는 우리네 인심이다.

여름방학 책 겉표지에는 원두막 풍경이 단골로 등장하였다. 어느 때부터인가 여름방학 책도 슬그머니 없어지고, 참외밭을 지키던 원두막이 사라졌다. 한여름 밤 달빛 젖은 낭만도 자취를 감추었다. '서리'라는 말도 추억 속으로 잠겨들었다.

이제 서리는 없다. 남의 물건에 손을 대면 도둑이다. 도둑의 손도 커졌다. 참외 몇 개가 아니다. 밤에 차를 대놓고 인삼이며 마늘, 감자밭을 싹쓸이 한다. 애써 지은 작물을 송두리째 훔쳐간다. 이는 농부의 한해 삶 자체를 훔치는 것이다.

점점 각박해져 가는 세상에 원두막 참외서리는 유년의 뜨락에 머무는 추억이다. 아슴아슴한 그리움의 맛, 청량제였다.

국민학교 졸업사진

짝꿍에게 좋아하는 마음 들킬세라
책상 위에 금 빡빡 그어놓고 심술을 떨던
코흘리개 철부지들이 오늘만큼은 의젓해 보인다.

1, 2, 3반, 돌아가며 만났다 헤어지기를 여섯 번,
시루 속 콩나물처럼 빼곡히 들앉았던 교실 앞에서
이제,
어깨 맞대고 헤어질 친구 얼굴을 가슴에 새긴다.

상급학교 진학 못하는 친구들은
마지막 졸업사진이 될지도 모른다.
흑백사진 속의 낡은 교정처럼
아슴아슴 기억 저편으로 사라져가는 얼굴.

백곡국민학교 졸업사진(1971년)

　까마득히 잊고 있던 초등학교 때의 졸업 사진이다. 베이비붐 세대의 정점이 되어 있는 '58개띠'들이 대부분이다. 극성스럽던 모습은 어디가고 이렇듯 부동의 자세로 근엄한 표정들인가. 잔병 치레로 가끔씩 결석을 한 탓인지 졸업 사진 속에 내 얼굴은 보이질 않는다. 50년도 넘은 일이다. 모두들 추억보따리를 가슴에 묻고 있다가 동창회 때마다 풀어헤치곤 한다.

'부지런히 더 배우고 얼른 자라서 우리나라 새 일꾼이 되겠습니다.'

목이 메어 부르던 졸업식 노래, 그 가사처럼 과연 그리 살아왔는가. 돌아볼 겨를도 없이 살다 보니 회갑을 넘겨 모두 일선에서 물러나 있다. 그래도 난 글을 쓴다는 미명아래 무언가 바쁘게 움직이며 사는 편이다.

얼마 전 사진 속에 있는 친구의 엄마를 만났다. 경로당 한글 공부방에서이다. 초등학교를 다니지 못했거나 졸업을 못한 분들이 참여한다. 글공부를 시작하자고 했더니 처음엔 '늙은이가 뭘 배워?'하던 이들이다.

그중 한 분은 과수원집 친구 어머니이다. 올해로 86세가 된다. 허리는 바짝 굽어 있지만 총기는 꼿꼿하다. 과수원이 하도 바빠서 집 앞에 큰 개울이 있어도 온 가족이 물놀이 한 번을 못해봤다며 그게 자식들에게 미안하다고 했다.

또 한 분은 유난히 예뻤던 친구의 어머니이다. 그 어머니 역시 84세란 연세가 무색해 보일만큼 옛날의 고운 모습이 주름 사이로 엿보인다. 그러나 세월은 그예 청력을 빼앗아 갔다. 귀가 안 들려 답답하지만 공부하는 것은 그래도 재미있어 좋단다.

어르신들이 풀어 놓는 이야기 속에 빠져든다. 6·25 전쟁 때 피란 가던 이야기며, 시집가던 날의 사연이 한 편의 소설이다.

"말도 마, 나는 시집가던 날 도라꾸를 빌려 타고 꼬불꼬불 고갯길을 넘어가다가 차가 빵꾸가 나서 그 고개를 그냥 걸어서 넘어갔잖어."

이에 뒤질세라 77세의 막내 어른이 말을 가로채고 들어온다. 그이는 속아서 결혼을 했단다. 결혼을 하고 보니 신랑의 집이 바뀌었다는 것이다. 번듯하던 집은 옆집이 되고, 봉당 높은 작은 오두막 초가집이 자기가 살 집이더란다. 결혼을 물릴 수도 없고, 해온 장롱은 다리를 잘라내어 간신히 방안에 집어넣고 할 수 없이 그렇게 살았단다.

다시 볼 수도 들을 수도 없는 어머니들의 삶의 이야기가, 한 세대의 역사가 눈물겨우면서도 웃음이 난다. 잊혀지고 사라져가는 정서를 이 어른들을 통해 다시 만난다. 고향에서 토박이로 살다보니 어릴 때부터 보아오던 풍광, 풍습이 달라져가는 것을 고스란히 몸으로 느끼며 산다.

한 반에 60~70명씩 들앉아 콩나물시루 같던 교실, 한 학년에 세 반이나 되던 나의 모교는 지금 텅텅 비어간다. 전교생이 60명도 채 안 된다. 그래도 이들이 있어 면 단위 유일한 초등학교가 문을 닫지 않고, 아이들 웃음소리를 들을 수 있다. 문득 '이 아이들 졸업사진은 어떤 마음이 어떤 모습으로 남겨질까' 자발없는 생각이 스쳐간다.

건들팔월

'어정칠월, 건들팔월'이라 했나요.
들녘 일손 잠시 쉼을 갖는 농촌의 8월은
신작로 미루나무에서 매미소리 요란 했고,
덩달아 꿈을 키우는 젊은 열기가 후끈했다.

까마득히 잊고 있던 초등학교 동창회
농촌을 지키며 농사일을 거들던 친구도
객지로 나가 생활 전선에 뛰어든 친구도
상급학교 진학한 친구도 격의 없이 모였다

콩나물시루 속, 빼곡했던 한 교실 친구들이
졸업사진을 찍던 그 교정에서 다시 뭉쳤다.
구레나룻 거뭇거뭇 훌쩍 자란 친구가 새롭고
고운 꿈 꼭꼭 땋아 내린 갈래머리 함초롬하다.

백곡교 36회 동창회(1972년)

남편은 초등학교 3년 선배다. 그이의 고등학교 여름방학 때의 초등학교 동창회 사진이다. 졸업한 지 불과 5년 전 친구들의 모습은 많이도 변해 있었다. 단발머리 철부지들의 모습은 간데없고 처녀총각 티가 물씬하다. 당시 고등학교에 진학한 친구는 반수가 채 안되었다. 두발 규제가 있어 여학생은 단발이거나 양 갈래머리를 했고, 남학생들은 대부분 까까머리였기 때문에 학생과 사회인이 확연히 구분되었다.

누구의 주선에 의해 이루어진 동창회였는지 모르겠지만 그래도 생각보다 꽤 많이 참석한 편이다. 진학하지 못한 친구는 함께 모이는 걸 꺼려하는 분위기였다. 가정 형편상, 또는 여자아이를 밖으로 돌리면 안 된다는 이유로 부모님이 학교를 보내지 않은 것인데 공연히 열등감에 빠져 있는 경우가 많았다. 일찌감치 도시로 나가 직장생활을 하는 친구는 화장기 도는 얼굴에 멋지게 옷을 챙겨 입고 왔다. 사회생활로 인해 한층 더 성숙해 보였다. 학교를 다니는 친구들은 나팔바지에 자유롭게 장발을 한 친구가 부럽기도 했으리라.

흑백 사진 속의 목조 교실은 허물리고 아이들의 숫자도 하나둘 줄어들기 시작했다. 현대식 예쁘장한 교정은 지금 조용하다. 개구 맞은 아이들도 별로 없다. 우당탕 퉁탕 교실 마룻바닥에서 짓뒹굴던 그때가 그립다. 아이다운 아이, 운동장에서 땀과 함께 흙강아지가 되어 뛰노는 아이의 모습이 보고 싶다.

교련시간의 의미

얼룩무늬 교련복은 학생 군사훈련복,
교복처럼 학생을 상징하던 옷입니다.
"받들어 총!" "세워 총!"
운동장 사열식 땐 제법 각이 잡힙니다.

제식훈련, 행군, 응급조치 시범대회…
체력 따라 희비가 엇갈리던 교련은
간첩 김신조 일당 청와대 기습 이후
학생들에게 실시된 군사훈련입니다.

교련시범 발표대회가 시작되면
더욱 가혹해지는 훈련시간,
흙먼지 땀범벅에 뒹굴면서도
교련시간을 은근히 즐겼던 건

영어사전 한 장씩 씹어 먹으며
일차, 이차, 연립방정식에 찌든
고교생들의 분출구가 아니었을까?

74년 청주고교 교련시간(1974년)

고교 학도호국단

"우로 봣" "받들어 총"
"충성" 사열과 분열행진
결코 군대에서만 사용하던 용어가 아니다
'학도호국단' 미명아래 고교운동장에 쩌렁쩌렁 울던
얼룩무늬 교련복 학생들의 제식훈련 구령이다.

남학생은 제식훈련과 총검술에 녹초가 되고
빨간 十자 완장에 구급낭 사선으로 맨 여학생은
삼각끈매기와 압박붕대 감고풀기를 分다퉈 했다.

교련실기대회 다가올수록 험악해지는 교련선생님,
붕대감은 환자 들것에 싣고 달리기 응급조치 시연과
규정시간 안에 소총을 분해 결합하는 훈련에서
굼뜬 손길은 여지없이 몽둥이찜질, 단체기합이다.

뽀얀 먼지 뒤집어쓰고 훈련에 파김치 됐어도
해물 녘, 풀벌레 소리 가년스러운 둑방 길에선
교련복에 통기타 두드리며 쇠풀 뜯기던 낭만이
개울물 따라 흘러 시나브로 추억이 되었다.

진천농업고교 학도호국단(1976년)

1976년 미호천 둑길

1968년 12월 21일 북한 특수요원 31명이 청와대 습격을 목표로 침투하였다. 대통령 목을 따오라는 김일성의 지령에 의해서다. 서울시내 종로 한복판에서 무장 간첩과 우리 군경의 대대적인 교전이 벌어졌다. 당시 무장공비의 침투 사건은 종종 있었지만 강원도 산간지역 또는 오지를 통해 주로 출몰한 것이 대부분이었기 때문에 청와대 목전까지 침투한 경우는 충격이었다.

그것도 31명이란 대규모 특수 간첩단이었다. 그 중 김신조 1명만이 살아남았다. 29명은 자폭 또는 사살되었고, 1명은 도주한 것으로 알려졌다. 일명 '김신조 간첩사건' 또는 '청와대 기습사건' '1 · 21 청와대 기습사건' 등으로 불렸다. 당시 나는 초등학교 4학년이었다. 정확하게 무슨 일인지는 나중에야 안 일이지만, 그 때의 분위기는 전쟁이 난 것처럼 심각했던 것은 감지할 수 있었다.

그해 10월, 울진 삼척 무장공비 침투사건 또한 떠들썩했다. 무장간첩이 도주하던 중 민간인에게 저지른 잔인성은 온 국민을 분노케 했다.

"나는 공산당이 싫어요."

그 한마디 때문에 이승복 어린이 입을 찢어 죽인 일이 있었다. 각 학교는 이승복 어린이 동상을 세워놓고 반공 교육을 철저히 시켰다. 학교 건물은 물론이고, 관공서 등 건물마다 반공, 방첩, 멸공은 기본으로 달았다.

그때부터였다. 우리나라에는 예비군이 창설되었고, 고등학교

와 대학교에 교련시간이 생겼다. 학도호국단이라는 명칭으로 남학생은 총검술, 여학생은 응급처치, 붕대법을 배웠다. 우리 여고는 윗옷은 체육복을 입거나 하얀색 춘추복에 흰 바지를 입었다. 빨간 十자가 선명한 하얀 구급낭을 어깨에 사선으로 메고 훈련을 하였다. 학과 시간에 실습뿐만 아니라 각 학교 간 교련 시범대회를 하곤 했다. 경쟁이 치열했다.

교련복은 군인, 예비군복을 약간 변형한 것이어서 학생들이 교련복을 입으면 제법 군인 냄새가 났고, 어른 티가 났다. 교련복을 교내, 교외에서 교복처럼 입었다.

한여름 냇가 둑방 길에 쇠풀 뜯기러 나와 통기타를 치는 남학생의 모습은 흔히 볼 수 있는 일이었다. 소는 저대로 유유자적 풀을 뜯고, 통기타에서는 '긴 머리 소녀' 가락이 흘렀다. 잊을 수 없는 고교시절의 낭만이었다.

홰나무 거리

홰나무 거리에 사람들이 모여들었다.
'진천여자고등학교 하키 전국 제패'
군 단위에 유일한 여고에 경사가 났다
시내 중심가를 누비는 카퍼레이드

막 피어나는 목화송이 같은 여학생도
홰나무 거리 가로수도 모처럼 신이 난다.
구경나온 꼬맹이도 덩달아 신났다
남의 즐거움을 맘껏 축하는 미풍이 달다

1965년 처음 문을 연 진천여고는
중고등학교 여학생이 함께 모여 공부하다
분리되어 오롯이 여고다운 면모를 갖췄지만
끝내 남녀 혼합 상업고등학교로 바뀌었다

어느 날, 홰나무 거리 가로수가 없어졌다.
상가의 간판이 가려진다나?
추억도 낭만도 시절의 이기와 손잡아 가는가.
지역 이름 빛낸 이들을 위한 카퍼레이드도,
다소곳한 여고생의 모습도 가뭇없어졌다.

1980년대 진천여고 남녀하기 전국제패 카퍼레이드

홰나무 거리는 진천의 명물이다. 시내 한 복판에 600년 회화나무가 자리하고 있어 붙여진 이름이다. 회화나무보다는 홰나무라고 더 많이 불린다. 어른의 서너 아름이 족히 넘을 밑둥치는 버석버석 소리가 날 듯 꺼칠하고 세월의 이력이 덕지덕지 골을 이뤘다. 속살을 녹여 가지를 늘이느라 뻥 뚫어진 속은 인공으로 채워졌고, 그 수술의 상흔이 크고 깊다. 게다가 허리께서 뻗어가던 가지 하나가 질병으로 잘려나가 기우뚱해진 몸뚱어리를 하고 있다.

그럼에도 불구하고 함부로 범접할 수 없는 위엄이 서려 있다.

수백 년 굴곡진 우리 역사의 수레바퀴 틈새에서도 주민과 함께 숨 쉬고 애환을 같이 해 온 산 증인이기 때문이다. 주민들은 노구를 이끌고 이 지역 중심가를 지켜가고 있는 이 나무에게 고사를 지내며 신성시 하고 있다.

홰나무 거리는 치열한 삶의 현장이다. 오랫동안 상가의 중심을 이루고 있어 늘 활기가 넘친다. 지역의 크고 작은 행사에서도 중심축이 되는 곳이다. 각종 가두 캠페인, 카퍼레이드가 벌어지곤 했다.

이 날은 '진천여자고등학교 하키 전국 제패' 카퍼레이드가 벌이지고 있다. 여학생 하키 선수들이 오픈카를 타고 의기양양 손을 흔든다. 그를 축하하기 위해 모여든 여학생들의 아낌없는 박수와 함성이 거리를 메웠다. 뭔 일인가 호기심 어린 꼬맹이들은 괜히 덩달아 신이 나서 이리 뛰고 저리 뛴다.

축제가 따로 없다. 소소한 것일 수도 있는 일에 지역주민이 함께 어우러져 즐기면 그것이 축제다. 하키 대회에서 우승하고 왔다고 카퍼레이드를 벌이는 모습이 낭만처럼 느껴진다. 요즈음 보기 드문 일이다. 사라져 가는 모습이 어디 이쁘이랴.

홰나무를 지주로 길 양 옆으로 늘어서 있던 가로수도 모두 베어지고 없다. 상가의 간판이 가린다는 이유다. 풋풋하게 그늘을 드리웠던 나무가 사라진 거리, 홰나무만이 유일하게 살아남았다. 신목으로 감히 건드리지 못하여 자리를 보존하고 있는 것이다.

군내 유일의 여자고등학교 이름이 사라졌다. 1965년 생긴 진천여자중, 고등학교는 오랫동안 여학생들의 요람이었다. 그 후 1983년 여고가 독립하여 나갔으나 산업화의 시대적 요청에 의해 1991년 상업학교로 바뀌어 버렸다. 슬그머니 남학생이 끼어들어 남녀공학이 되었다. 양 갈래머리 여고생이 사라졌고 더 이상 카퍼레이드 낭만도 사라졌다. 여고시절의 추억이 아슴아슴 멀어져간다.

홰나무 거리

여고시절, 미선나무

현관문을 나서니 난향인 듯 상큼한 향기가 안겨든다. 마른가지에 상아빛 뽀얀 얼굴이 이슬처럼 다글다글 열려있다. 솜털이 채 가시지 않는 소녀, 미선나무 꽃이다. 지난해 식목 행사를 마치고 얻어 온 꽃나무인데 앞뜰에 무심히 묻어 두었던 것이 그간 뿌리를 내리고 제 자리를 잡았던가 보다.

가느다란 가지에 잎도 없이 조르르 꽃을 피워 올리고 재잘재잘 꽃향기를 쏟아내고 있다. 이른 아침 무리지어 등굣길에 오른 여학생들의 향기처럼 풋풋하다. 여고시절 교복에 달고 다니던 우리 학교 배지의 문양이 미선나무 꽃이었다. 그래서 그리 느꼈는지도 모르겠다. 개나리꽃 비슷하면서도 더 자잘한 꽃잎 속에서 문득 내 여고시절이 아롱아롱 고개를 들고 나온다.

양 갈래로 묶은 머리는 귀밑 10cm로 제한하는 등 학교 규정도 꽤나 까다로웠다. 감색 플레어스커트 교복에 하얀 칼라, 당시 풀먹여 다린 빳빳한 칼라는 여학생의 자존심이었다. 나는 스스로 자존심을 세울 만큼 숙성하지도, 주변머리도 못 되었다. 나이 많

초평 미선나무 자생지

미선나무꽃

고 농사 일 바쁜 엄마에게 매일 빳빳이 다림질한 하얀 칼라를 기대하기란 더더욱 어려웠기에 늘 풀죽은 칼라를 달고 다녔다. 그래도 교복 위의 배지만은 청신한 여고생임을 당당히 대변하고 있었다.

우리 학교 배지는 원형 안에 진천에서 자생하고 있는 미선나무 꽃을 형상화 했다. 미선나무는 세계 속의 1종 1속으로 유일하게 우리나라에서만 자생한다. 1917년 진천에서 처음 발견되었고, 열매가 둥근 부채처럼 생겼다하여 미선(尾扇)이라는 이름이 붙여졌다. 이후 1962년 문화재청에서는 진천군 초평 일대 미선나무 자생지를 천연기념물 제14호로 지정했다. 그러나 제대로 보호하지 못하고 대부분 훼손되어 몇 년 후 천연기념물에서 해제되는 곡절을 겪기도 했다. 지금은 괴산에서 자생지의 맥을 이어가며 축제도 벌인다.

수형은 그리 아름답지 않고, 꽃 역시 화려하게 눈길을 끄는 것은 아니다. 혼자보다는 여럿이 무리를 이루어야 돋보이는 꽃이다. 내면에서 배어나는 그윽한 향이 매력이다. 이파리를 배경삼아 저만 도드라지려 하지 않고 꽃잎끼리 서로 배경이 되는 동시에 함께 주인공이 되는 상생의 미덕이 고스란히 읽히는 삶이다.

이른 봄, 새벽 찬바람을 가르고 누구보다 일찌감치 깨어나 봄을 알려오는 미선나무 꽃은 수줍음을 머금은 소녀인양 다소곳하면서도 향기는 강인한 여인의 체취가 느껴진다.

상아빛 미선나무 꽃은 아름다운 여인으로 발돋움하려는 열일곱 소녀, 앳된 여고생의 향기이다. 내게도 그런 시절이 있었지. 그 향기를 가슴에 다시 품고 새봄을 맞으리라.

사라진 학교, 지금은

야트막한 산등성이 밀어 마련된 배움 터
잣밭에 골곡자를 쓴 '栢谷중학교'다.
1971년 처음 희망의 씨앗을 뿌리던 그날,
새 교복을 입고 내디딘 첫발은 설렘이었다.

새물내 감도는 교실에선 연필대신
펜촉에 잉크 찍어 꼬부랑글씨를 그렸다.
한편, 삼태기 들고 운동장 돌멩이를 고르고
둘레엔 한 그루 한 그루 나무를 심고 가꿨다.

오가는 학생들과 함께 숨 쉬며 생활해 온 나무가
서른아홉 나이테 속에 추억을 문신으로 새기며
이제, 몇 남은 학생을 모두 떠나보냈다.

더 이상 학생들이 오지 않는 곳
아이들 웃음 잦아든 학교,
울타리를 지키고 있던 솔숲이
세월의 바람살에 울고 있다.
내 가슴이 하냥 시리다.

백곡중학교 애국조회 모습(1971년)

잉크병과 잉크 상자

폐교된 모교가 문학의 향기가 머무는 곳으로 변모하다

1971년 내가 살고 있는 면소재지에 처음으로 중학교가 세워졌다. '백곡중학교'란 이름으로 남녀공학 2학급이 문을 열었다. 걸어서 10분 거리에 있는 학교에 나는 첫 입학생이 되었다. 학교가 가깝다는 것만으로도 좋았다. 20릿길 읍내에 있는 여자중학교에 가지 않아도 된다.

교통편이 좋지 않았던 그 시절 읍내에 있는 학교에 다니기는 그리 용이한 일이 아니었다. 하여 면 단위에 새로 세워진 학교에는 초등학교 한두 해 선배들도 많이 입학을 했다. 제때 진학하지 못한 형, 누나, 언니가 동생과 한 학년 한 반인 경우가 꽤 있었다. 1반은 남학생이고 2반은 남녀 혼합반이다.

시간, 시간 선생님이 바뀌어 들어온다. 파이로트 잉크 냄새의 묘한 설렘과 날카로운 펜촉이 주는 팽팽한 긴장감은 중학생이 되면서 새로운 세상과의 만남이었다. 펜글씨는 잉크의 양과 펜에 힘을 잘 조절을 해야 한다. 그래야 글씨가 뭉치거나 갈라지지 않는다. 펜글씨는 한번 잘못 쓰면 지울 수가 없다. 연필이 주는 인정을 허락하지 않는다. 더 이상 초등학생이 아니라는 의미일 게다.

영어는 말도 꼬이고 글씨도 꼬인다. 인쇄체, 필기체, 대문자, 소문자, 꼬불꼬불 알파벳을 그리다 앉은뱅이책상에 엎드려 잠이 드는 날이면 공책엔 어느새 청색 지도가 그려진다. 불확실한 미래에 대한 두려움이 얼룩으로 공책의 절반을 덮었다.

그렇게 나를 성장시킨 잉크 냄새는 더 이상 맡을 수가 없다. 펜에서 만년필로, 다시 볼펜으로 편리에 따라 필기구가 달라졌다. 학교도 명패를 내렸다. 더 이상 찾아올 아이들이 없게 된 때문이다. 개교한 지 39년만의 일이다.

2012년 2월 백곡중학교의 마지막 졸업식에서 축사했다. 제1회 졸업생이면서 이 학교 출신의 유일한 의원이라는 이유에서다. 축사를 하면서 졸업을 축하해야 하야하는 건지, 폐교에 대한 송사를 해야 하는 건지 졸업식 내내 내 마음에선 2월의 솔바람이 불었다.

그래도 무심치 않아 폐교된 나의 모교는 2014년에 문학의 향기가 머무는 곳 '진천문학관'이란 명패를 다시 걸었다. 충북의 근현대 작고문인 15인을 위한 집이다. 한해 찾아오는 이들이 수천 명이다. 학교로 남아 있을 때보다 훨씬 많은 학생들의 재잘거림을 듣는다. 영원한 배움터로 자리매김 하고 있다.

이곳에서 나는 설익은 중학 시절 추억의 갈피를 넘기며, 아이들과 함께 하는 문학프로그램 강사로 활동한다. 흐뭇하고 행복한 시간을 종종 맞는다.

조기 청소

– 미래를 비질하는 아이들

'새벽종이 울렸네, 새아침이 밝았네.'
희붐한 어둠속 울려 퍼지는 노랫소리
허름한 초가에 슬레이트 지붕 얹고
마을길 넓히며 꿈을 열어 본다

이른 아침, 댑싸리 빗자루 들고
온 동네 아이들 왁자글 거리 청소 나서면
기름집, 솜틀집, 사진관, 만물잡화상
궁핍해 보이는 상가도 활기를 띤다

돌아보는 이웃집 아제 흐뭇한 웃음 머금고
쓰삭쓰삭 싸리비에 쓸려나는 가난의 조각
어설픈 비질 통해 아이들은 제 앞길 닦고,
훤한 거리는 그들이 살아갈, 미래의 예고였다.

진천읍 새마을 조기 청소(1975년)

아침저녁으로 삽상한 바람이 분다. 진천에서 청주로 나가는 길이다. 퇴근 시간을 피한다는 것이 딱 맞물리고 말았다. 자동차가 대로를 가득 메우고 엉금거리고 있다. 열나절 가게 생겼다.

길 요량을 잘 알고 있는 문우는 옆길로 샌다. 좁고 구불구불한 농로다. 자동차가 빨리 달릴 수 없어서 평소 잘 이용하지 않는 곳이 오늘은 효자 노릇을 톡톡히 한다. 씽씽 달릴 수는 없지만 정체가 되지 않으니 조바심 칠 필요도 없다. 양 옆으로 통통하게 여문 나락이 누른 물결을 이루며 일렁이고 있다. 여유로운 마음이 된다.

쭉쭉 벋은 새 길이 생기기 이전에 자동차가 통행하던 옛길로 접어들었다. 버짐나무 가로수가 어릴 적 미루나무 신작로의 정취를 잇고 있다. 중간 중간 수줍게 핀 코스모스가 초등학교 시절로 손을 잡아끈다.

1970년, 당시에는 길가에 코스모스를 우리 손으로 심고 가꿨다. 친구들과 놀며 그 꽃길을 걷다가도 버스가 지나가면 조르르 멈춰 서서 손을 흔들었다. 그리하도록 교육을 받았다. 흙먼지 뽀얗게 일으키며 지나가는 버스가 어찌 곱게 보이겠는가. 그래도 차 안에서 손을 마주 흔들어주는 이가 있으면 그것으로 흐뭇했다.

여름방학이 끝나자마자 추석 다음날 있을 운동회를 위해 총연습에 들어갔다. 운동회 연습으로 파김치가 되어 집으로 돌아갈 때면 위로가 되고 숨바꼭질 놀이 상대가 되기도 했던 코스모스다. 그래서 더 정겹고 아련한 그리움의 대상이 되었는지 모르지만 코스모스엔 내 유년이 머물러 있다.

돌아보면 물질적으로 넉넉하지 않았던 그 시절은 추억거리로 풍요로웠다. 코스모스 꽃길 가꾸기와 또 하나 빠질 수 없는 일은 조기 청소다. '애향단'이란 이름으로 한 우리들의 활동이었다.

희붐한 새벽이다. 새마을 노랫소리를 들으며 아이들이 졸린 눈을 비비고 거리로 나섰다. 제 키만 한 싸리비를 들고 거리 청소를 한다. 어린 나이에 애향단이란 의미를 어찌 알았겠는가. 그래도 빗자루를 들고 마을길을 쓸었다. 그런 세대이기 때문에 지금 고향을 사랑하는 마음이 잠재해 있는 것이리라. 요즘 아이들에게 고향의 의미가 크게 와 닿을 것 같지는 않다. 고향에서의 추억거리가 없기 때문이다.

아이들도, 어른들도 이제 더 이상 조기 청소나 꽃길 가꾸는 일은 하지 않는다. 직업적으로 거리 청소하는 이들이 따로 있다. 돈 받지 않고 자발적으로 하는 애향 활동엔 아무도 나서지 않는다.

'살기 좋은 내 마을, 우리 손으로 가꾸세' 이제 노래 가사일 뿐이다.

오랜만에 만난 코스모스 길에서 문득 추억 한 조각을 줍는다. 달큰하다.

2월의 축복

- 제1회 새마을 협동유아원 졸업식

난로 가장자리 둘러쳐진 철망 사이사이로
전해오는 따뜻함에 고사리 손 녹이던 유아원
큰북, 작은북, 늘 멋진 요구르트병 로봇이
오늘은 아이들과 헤어짐을 아는 눈빛입니다.

훌쩍 자란 아이들을 떠나보내는 선생님,
대견해 목이 메는 그 마음 아는지 모르는지
'오늘이 무슨 날인가?' 두리번 두리번
뒤쪽에서 촬영하는 사진기에 더 관심을 갖는
아이들의 눈망울이 순진무구해 보입니다.

어린이집, 유치원이 다양하지 못했던 시절
새마을 협동유아원은 절대적이었습니다.
오밀조밀 꾸려온 아이들의 그 보금자리에서
새봄을 틔울 꽃눈이 꼼지락꼼지락 자라고 있음을
2월은 이미 알고, 묵묵히 축복을 보냅니다.

　한 해 동안 부쩍 자란 아이를 떠나보내는 날이다. 선생님은 섭섭하고 대견해 목이 메나 보다. 늘 생글생글 환하게 웃어주던 원장선생님의 얼굴에 숙연함이 깃든다. 신중하고 정성스러운 인사말은 아랑곳없이 아이들은 궁금하고 신기한 게 많은 날이다.

　"오늘이 무슨 날이지? 예쁘게 포장한 저 선물 상자에는 무엇이 들어 있을까."교탁 위에 수북이 쌓인 선물 상자에 온통 마음을 빼앗긴 아이들이 귀엽다.

　어린이 보육시설이 열악했던 그 시절 새마을 협동유아원은 절대적이었다. 유아원 원장은 명예직으로 그 지역의 유지급의 여성이거나 새마을 부녀회장이 맡은 경우가 많았다하니 분명 질적 수

준은 떨어졌을 것이다. 교사 역시 양성소를 거쳐 대거 배출된 경우가 많았다. 그래도 선생님 말이라면 무조건 최고요. 하늘 같이 따랐고, 선생님 역시 아이들에게 부모처럼 사랑으로 보살펴 주었다. 따스한 정과 순수한 인간미는 지금의 좋은 환경보다 풍요로웠다.

'제 1회 새마을 협동유아원 수료식'

예닐곱 단발머리 그때의 아이들은 지금 어떠한 모습으로 변해 있을까. 아이들이 자라온 세월만큼 시설의 형태도 많이 변했지만 그곳은 아직까지 공립 어린이집의 형태로 명맥을 유지해 가고 있다. 난로를 피우고 아이들이 델까 봐 그 둘레에 철망으로 둘러쳤던 난방 시설은 따뜻한 온돌방으로 모두 바뀌었다. 시설과 교육기자재 또한 부족함 없이 갖춰놓고 있다.

아이들 천국이다. 그래도 아이를 키울 수 없다고 낳지 않겠단다. 나라에서 아기 낳는 사람에게 돈도 주고 키워 준다고 공약을 내걸었다. 아무리 어르고 달래도 눈도 끔적 않는다. 달라진 시대상이 씁쓰레하지만 분명 봄은 오고 있다. 2월은 오는 봄에 축복을 보내며 늘 기다림의 시간을 다독이고 있다.

썰매타기

매서운 바람에 주위가 꽁꽁 얼어붙는 날이면 마을 앞 논바닥은 썰매장이 된다. 벼 그루터기가 삐죽삐죽 솟아 있어 매끄럽지 않은 얼음판이지만 더없이 좋은 놀이터였다. 썰매는 모두 자기 집에서 만들어 가지고 오기 때문에 크기나 형태가 제각각이다. 둘이 탈만큼 커다란 널빤지 밑에 날이 잘 선 쇠줄을 박아 튼튼하게 만든 썰매도 있고, 겨우 저 혼자 앉을만한 크기에 철사를 박아 만든 썰매도 있다. 두세 살 터울로 오빠가 있는 애들은 오빠가 태워주는 썰매에 앉아 잘도 달린다.

꼬챙이로 얼음 바닥을 힘껏 찍으며 빠르게 손놀림을 해야 속력이 난다. 엉거주춤 선 채 힘차게 꼬챙이를 찍어대면 썰매는 씽씽 신바람을 낸다. 그런 모습을 먼발치에서 부러운 눈으로 바라보며 가장자리에서 사부작사부작 혼자 놀았던 기억이 난다. 하나 밖에 없는 오빠나 언니들은 나하고 터울이 커서 같이 놀아줄 형편이 아니었다.

백곡저수지(1995년)

괴산댐(1974년)

남자애들은 초등학생이라도 저희들끼리 뚝딱뚝딱 썰매를 만들기도 했다. 어설픈 손놀림으로 못에 망치질을 하다 손을 찧는 일이 대수였겠는가. 어떻게 하면 잘나가게 할까 고민하며 신나게 창의성을 발휘 하였으리라. 썰매가 없으면 서로 빌려주기도 하고, 손으로 끌어주며 얼음지치기를 즐겼다. 학교 갔다 오면 노는 것이 일상이었고, 방학 때는 아예 공부는 거들떠도 보지 않았다. 학원이란 것이 있는 줄은 더더욱 모르던 때의 이야기다.

내 어린 시절을 떠올리는 동안, 지금의 아이들 환경을 찬찬히 들여다본다. 요즈음 부모들은 아이들이 아무 생각을 안 하고 가만히 있어도 살아갈 수 있도록 다 챙겨주고 있다. 젓가락질을 못하면 포크로 떠 먹여주고, 친구랑 다툼이 일어나거나 선생님께 꾸지람을 들으면 단숨에 쫓아가 혼을 내준다. 아이들은 무엇이 잘못인지 생각할 기회조차 없다. 지저분한데서 놀면 병균 묻을까, 옷 버릴까 함부로 놀지도 못한다. 아니, 놀 시간이 없다. 학교에서 이 학원, 저 학원 들려 집에 오면 저녁이다.

공부는 학원에서 시키는 대로 하면 점수가 올라간다. 점점 로봇이 되어가는 거다. 부모님이 누르는 버튼에 의해 움직이는…. 놀이도 수업의 일환으로 따로 시간을 내어 진행한다. '전래놀이'라는 이름으로 수업시간 또는 방과 후 활동으로 편성되어 가르치고 있다. 노는 방법, 규칙, 벌칙도 모두 놀이 선생님이 가르쳐 주는 대로, 정해진 대로 따라 하기만 하면 된다.

우리 어렸을 적에 학교 갔다 돌아오면 책보 팽개치고 동네 친구, 언니, 동생들과 천둥벌거숭이처럼 뛰놀며 하던 놀이 아니었던가. 사방치기, 자치기, 고무줄놀이, 어떤 놀이든지 아이들끼리 편을 짜고 규칙을 정하였다. 때때로 의견이 맞지 않아 치고받고 싸움이 일기도 했다. 찔찔 울면서도 그들 틈에서 함께 하려 했다.

그 속에서 물러설 줄을 알고 맞섬을 조절 할 줄도 알았다. 약한 동생들을 돌보아 주기도 하고, 악착같이 언니들을 따라 하려 했다. 보고 배우며 스스로 성장해 나갔다. 이러한 과정을 통해 인성과 사회성은 덤으로 얻어졌다. 자연과 함께 스스로 깨쳐 성장해 온 우리들의 자화상이 주르륵 썰매를 탄다.

초가집 다락방

초가집 천장 낮은 다락방은
꿀단지와 잡동사니를 보관하던
할머니의 보물창고였습니다

가끔씩 생쥐가 몰래몰래 드나들고
들창너머로 햇빛도 살짝 엿보고 가던
아이들이 숨어들고픈, 꿈의 놀이터

가슴에 머물던 추억 속의 다락방은
아이들에겐 새로운 비밀아지트가 되어
'꿈다락' 그 이름으로 추억을 쌓습니다.

매주 토요일, 꿈다락 문화학교가 열리는 날은 내 유년을 만나는
날이다.

농촌 마을(1976년)

　학교 밖 토요프로그램을 기획하면서 가장 먼저 생각한 것은 아이들에게 꿈과 추억거리를 만들어 주자는 것이었다. 아슴아슴 떠오르는 어린 시절의 다락방이 한편의 詩가 되어 와 안긴다.

　한 해 동안 초등학교 아이들과 꾸려온 토요문화학교를 마치던 날이다. 아이들에게 나눠줄 사진첩을 다시 한 번 들여다본다. 그들이 활동했던 사진들을 개인별로 분류하여 '자신만의 사진첩'을 만든 것이다.

　초등학교 3학년부터 6학년까지 고루 섞여 자유롭게 활동이 이루어진다. 학교에서 성적에 얽매어 또래끼리 경쟁하듯 지낼 때와 사뭇 다른 양상을 본다. 선생님들이 툭툭 던져 놓은 활동 앞에서 형이나 언니들 하는 것을 슬금슬금 넘겨다보며 따라 하기도 하고, 또 때로는 쩔쩔매는 동생들을 슬쩍 거들어주며 함께 하는 과정을 본다. 이 작은 집단 안에서 저들끼리 배려와 양보, 나눔과 경쟁, 규칙과 질서를 스스로 형성해 가는 것을 느낄 수 있다. 세상 살아 가는 이치를 깨치는 것이다.

내 어린 시절, 동네에서 형과 동생들이 한데 어울려 놀던 때를 떠오르게 한다. 그 당시는 한 집에 형제자매가 보통 대여섯씩 되었으니 동네 골목이나 공터에는 늘 아이들로 왁자했다. 우리 동네 는 허서방네 바깥마당이 주 놀이터였다. 낟가리처럼 쌓아놓은 볏 짚이 바람을 막아주고 양달 바른 곳이기 때문에 아늑하여 옹기종 기 모여앉아 놀기에 안성맞춤이었다.

흙 마당에서 동글동글한 돌멩이를 주워 공기놀이를 하고, 땅 따먹기와 핀치기를 하다보면 손등이 터서 갈라지기도 했지만 아 랑곳하지 않았다. 그보다 실핀을 몇 개나 더 땄는지가 중요했다. 핀치기는 머리 실핀을 손가락으로 튕겨 동그라미 안에 넣는 놀이 다. 주로 흙 위에서 하기 때문에 대부분의 핀들은 녹이 슬고 비틀 려 제대로 사용할 수가 없다. 쓰지도 못할 것들을 한 개라도 더 따겠다고 눈에 쌍불을 켰다. 전리품인양 옷핀에 꿰어 조르르 매달 고 의기양양 했다.

남자애들은 자치기나 구슬치기, 딱지치기를 주로 했다. 책 쪽

쭉 찢어 만든 딱지가 대부분이다. 코팅된 잡지책으로 만든 딱지는 최상품이다. 우리가 하던 여러 가지 놀이에는 나름대로 규칙이 정해져 있지만, 아이들끼리 상황에 따라 재미를 위해 새로운 규칙을 다시 정하기도 한다. 때론 기존 놀이에 또 다른 아이디어를 내어 변형된 놀이를 창조하기도 한다. 혼자 고집을 부리다 안 되겠다 싶으면 슬그머니 꼬리를 내리고 화해를 청해 온다. 스스로 판단하며 사회성을 길러가는 것이다.

꿈다락! 토요 프로그램을 통해 아이들을 바라본다. 내 유년의 놀이를 떠올린 것은 어쩌면 이 아이들에게 아날로그적 사고를 끄집어내 주어야 하는 것이 아닌가 싶은 생각에서였는지도 모르겠다.

선생님이 툭, 던져준 과제를 저들끼리 머리 맞대고 해결해 나가도록 장을 펼쳐 주는 것, 학교에서 해 보지 않았던 체험을 통해 성적과 상관없이 재미있는 세계를 접하게 해 주는 것이 필요하다는 생각을 한 것이다.

어릴 때 보았던 마을의 풍경 사진을 본다. 집집마다 앞마당 뒷마당에 쌓인 볏짚 낟가리가 유난히 따뜻해 보인다. 우리가 놀던 놀이터다. 그때 그 시절에 우리가 그랬듯이 꿈의 다락방에 추억을 쟁이며 아이들이 제 스스로 마음 따뜻하게 영글어 가길 바라는 마음이다.

chapter 4

백비의 침묵

선돌, 돌벙거지

신석기, 청동기 언제부터 거기 서 있었나
하수문마을 야트막한 산자락 끝머리
논둔덕 너럭바위에 터 잡은 돌벙거지

돌도 공덕 쌓으면 꽃이 피는가
푸른 돌이끼 세월에 부대낀 훈적(勳績)
하얀 버짐, 돌 꽃으로 돋아 오른 염원

남근석에 널돌 얹고 비손하던 그 정성,
건드리면 마을여자 바람난다 꼭꼭 여미고
벽사(辟邪), 수구막이로 깊이 뿌리박고 섰다.

엽둔 고개 넘어 진천으로 들어오는 길목에 '대문리' 표지석이
우뚝 서있다. 동네 이장을 보고 있는 초등학교 동창생이 들려준
마을의 전설을 따라 이끌리듯 접어든 길이다. 어귀에서 잊힐 듯

대문리 선돌—돌벙거지

말 듯 전설과 함께 뿌리 깊은 선돌 하나를 만난다. '돌벙거지'란 이름으로 오랜 세월 마을의 안녕을 지키며 애환을 함께 해온 수호석이다.

선돌은 선사시대부터 이어져오는 거석기념물(巨石記念物)의 하나로, 기념비나 묘비 또는 주술 신앙의 의미를 지닌다. 대문리 선돌 역시 학술적 고증보다는 전설로 맥을 이어오고 있다.

산자락에 내려앉은 자연 암반 위에 자리를 튼 돌벙거지는 남근 형태의 자연석을 세우고 다시 그 위에 갓 모양의 널돌을 얹어 놓은 형상이다. 동네에서는 '돌 위에 덮여 있는 갓을 벗기면 마을 여자들이 바람난다'는 속설과 함께 신성시 여겨온다.

한때 아랫마을과 윗마을 총각들이 그 갓을 벗겨보자커니, 안된다느니 옥신각신 짓궂은 다툼 있었다고 한다. 하지만 감히 손댄 흔적은 없다. 오히려 그 옆에 또 다른 기원들이 도담도담 오르고 있다.

언제부터인가 아이 못 낳는 이가 와서 빌면 아이를 가질 수 있다 하여 여인들이 남몰래 찾아들어 소원을 빌고 있다는 말도 전해온다.

어느 선돌보다도 아기자기하고, 오랜 세월의 이끼가 꽃을 피우고 있다. 아마도 가슴앓이 하는 여인네의 속내를 들어주며 그 아픔을 함께 해 온 공덕이 저리 고색창연한 돌꽃으로 돌아 오른 게 아닌가 싶다.

'갓 위에 앙증맞게 올라앉은 저 돌은 누구의 염원인가.'

지켜온 세월의 무게가 도탑게 와 닿는다.

백비의 침묵

– 연곡리 석비

들녘에 아무 글 새김 없이 홀로 서있는 돌비석
말의 얼굴에 몸은 거북인 빗돌 위 반듯한 비신
이수에 아홉용이 여의주를 무는 그 형상은
고려초엽, 날 때부터 귀한 몸을 받은 것인가

너울너울 골바람 타고 말만 무성한 세상
오랜 세월, 험한 시류에 휘둘리지 않고
올 곧은 진실 침묵으로 꼿꼿이 지킨 자존
'백비' 이름 걸고 404호 보물이 되었다

수런대는 소문, 의아한 눈빛 무던히 지켜온
돌비석의 침묵, 그 무언의 의미,
스스로를 비춰 볼 거울로 서있다

연곡리 석비(1970년대)

석비를 보호하고 있는 비각

연곡리 석비(현재의 모습)

범상치 않은 모습으로 우뚝 서있다. 무언가 말을 전하라는 임무가 부여됐을 터인데 입을 굳게 다문 채 말이 없다. 긴 침묵이 흐른다. 수백 년, 아니, 그 훨씬 전부터였는지도 모른다. 그저 잠잠히 서있는 돌비석 하나.

누가, 왜 그렇게 세워 놓았을까? 의문에 싸인 채, 눈길을 사로잡고 있는 '진천 연곡리 석비'이다. 보물 404호로 지정되어 있다. 그를 만들 당시 온 몸에 들인 공이 예사롭지 않음이 한눈에 와 닿는다.

비석의 받침돌은 천년을 산다는 거북 모양이다. 등 거죽이 일부 벗겨지고 깨졌어도 거북등 문양은 생생하다 얼굴은 마모되어 말의 형상을 닮았다. 앞 발톱은 떨어져 나갔어도 머릿돌에는 용이 꿈틀거린다. 아홉 마리의 용이 여의주를 물고 하늘로 오르려는 모습이다.

용트림, 저 무언의 암시에 눈 맞춤을 한다.

반듯한 몸체에 올록볼록 쏟아내고 싶은 말이 무엇인데 차마 못하고 입을 다무는가. 매끈하다. 입을 뗀 흔적이 없다. 그래서 이곳의 돌비석은 백비란 이름으로 홀로 말을 꾹꾹 삼키며 무자비(無字碑)로 서있다.

국내에 몇 안 되는 무자비 중 대표적이다. 또 하나는 전남 장성의 박수량 묘 앞에 있는 비석이다. 박수량 백비는 평생을 청빈으로 산 박수량에게 조선의 명종이 하사한 비다. '그 청백함에 오히려 누를 끼칠까 염려되니 비문 없는 비를 세우라'는 어명에 의해 아무런 글자를 새기지 않고, 청백리의 표상으로 삼고 있는 것이다.

연곡리 백비는 언제부터 거기 서 있었는지, 또 주인이 누구인지조차 모르는 돌비석이다. 비의 형태로 보아 고려초기의 것으로 본다. 그것도 후대인들이 그저 짐작할 뿐이다. 전해 듣기로는 땅에 묻혀 있던 것이 일하던 농부의 눈에 띄어 세상에 그 모습을 드러내게 된 것이라 한다. 흙 속에 묻혔던 돌비석이 몸을 일으켜 보물로 재평가 되면서도 한동안 맨 몸으로 논 가운데 서있었다.

그곳에 여승들의 도량인 보탑사가 들어서면서 주변이 달라지기 시작했다. 비(碑)가 있던 논바닥은 메워지고 다시 정비가 되었다. 그리고 보물답게 어엿한 비각의 보호를 받으며 자리를 잡았다. 잘 차려 입고 강단에 선 연사가 무언의 암시를 전하고 있는 형상이다. 보물의 의미를 짚어내기 위해 백비를 찾아 기웃거리는 사람들의 발길이 잦아졌다.

3개월간 안거에 들었던 스님도 해제가 되면 일성을 하거늘, 오랜 세월 절집 마당 한편에 선 백비, 그는 여전히 입을 굳게 다물고 침묵을 지킨다. 삼삼오오 그를 찾은 사람들만이 저마다의 생각을 한마디씩 풀어놓는다. 말들이 고였다 흩어진다.

신문, 방송에서는 오늘도 무성한 말들이 세상을 어지럽히고 있다. 여야가 침을 튀기며 말싸움이 한창이다. 진실하지 않은 말,

말을 위한 말, 말이 홍수가 되어 쏟아진다. 이리저리 물줄기의 쏠림을 피하며, 약삭빠른 사람은 제각각 둔덕을 찾아 제 아성 쌓기에 바쁘다. 그들에게만 허물이 있는 양, 손가락질 하는 나는 또 얼마나 그로부터 자유로울 수 있는가.

묵묵히 물길을 가래질하며 쟁기 끝으로 건져 올린 돌비석, 이 진정한 보물을 흙 속에서 일으켜 세운 건 선량한 농부가 아니었던가. 긴긴 세월 정을 통해 온 바람에게도 하지 못하는 그 말을 듣겠다고 오늘도 난 그를 찾아 나섰다.

여전히 침묵이다. 백비 속에 숨어 있는 비밀은 진정 무엇을 말하고 싶었던 걸까? 풀리지 않는 수수께끼를 붙잡고 부질없이 비각에 매달려 본다.

'침묵이 때론 보물이다'
무언의 소리를 듣는다.
무심히 서있는 백비를 뒤로 하고 돌아 나오는 등 뒤로 따사로운 햇살이 빗겨든다. 움쭉움쭉 잎눈 트는 봄의 소리가 발치를 따른다.

천석꾼 아들

찬바람이 가슴 파고드는 날이면
군불지핀 따끈한 아랫목이 그립다
화풍이월 들녘 지나 길 한쪽에
동무하고 서있는 자그마한 비석 둘
김인환, 이택하 구휼시혜비(救恤施惠碑)다.

가난 구제는 나라님도 못한다는데
보릿고개, 그 섧고 험한 곤궁 앞에
곡식 풀어 손잡아 준 이가 있었으니
이웃들이 그 은혜, 빗돌에 새겨
널리 알리고 오래 기억하려 함이다.

5형제 아들의 이름에 담긴 의미
인仁, 의義, 예禮, 지智, 신信
천석꾼 아비의 염원이 바로,
사람의 도리, 이 다섯이었구나
황금 들녘 오상(五常)이 잔잔한 감동이다

김인환 · 이택하 구휼시혜비

무제봉 아래 충효를 자랑하는 마을이 있다. '노은실'이다. 마을 앞 들녘을 지나면 길가에 자그마한 비석 둘이 쌍을 이루고 서있다. 구휼시혜비(救恤施惠碑)이다. 구휼이란 재난을 당한 사람이나 빈민에게 국가, 사회적 차원에서 금품을 주어 구제하는 것을 말한다. 현대의 사회복지와 맥을 같이 한다.

일제 강점기 시대의 일이다. 가뭄으로 흉년이 들어 소작인들이 먹고 살기가 몹시 어려웠을 때 소작료를 면제해 준 사람이 있었다. 천석꾼의 아들 김인환과 이웃동네 이택하이다.

그 덕분에 주린 배를 채울 수 있었고, 후에 사람들은 그 둘의 은혜를 빗돌에 새겨 기린 것이다. 큰 뜻에 비해 눈길 주는 이 없이 쓸쓸하고 소박하다. 하도 소박하여 사람의 눈에 잘 띄지도 않는다. 어쩌면 낯 내지 않고 진정 구휼 했던 정신을 의미하는 것이 아닐까 생각하는 게 더 마음 편하다.

인환(仁煥)은 그 아래로 의환(義煥), 예환(禮煥), 지환(智煥), 신환(信煥) 형제를 두고 있다. 천석꾼 아버지의 염원은 천석, 만석 재산을 늘리는 것보다 아들 5형제에게 인仁, 의義, 예禮, 지智, 신信, 이 다섯 가지, 사람이 갖추어야 할 도리를 물려주고 싶었나 보다.

'구휼'이라는 말에선 왠지 청솔가지 군불 냄새가 난다. 매캐한 연기 속에서도 아랫목은 따끈해 오지 않았던가.

'구휼시혜비'는 오늘날 젊은이들에겐 보도, 듣도 못한 낯선 말이요 모습일 수 있다. 그러나 이 자그마한 빗돌에는 배고픈 시절 서로 나누려는 정과 이를 진정 고마워할 줄 아는 품성이 전설처럼 스며있다. 밥상머리 아버지의 훈계처럼 귓전에 맴돌다 말지라도 그저 묵묵히 들녘에 서서 사람 사는 도리를 깨우쳐 주고 있다.

이렇듯 우리는 사회복지라는 말이 나오기 이전부터 이미 몸으로 실천하고 있었다. 삼국시대부터 구제 제도가 실시되어 보릿고개를 넘겼다. 고구려의 진대법을 비롯해 세종시대엔 노비에게 출산 휴가까지 주었다 하지 않던가.

따뜻함이 그리운 계절이다. 달랑 한 장 남은 달력이 오 헨리의 '마지막 잎새'처럼 파르르해 보인다. 나눔의 정이 더욱 절실해지는 때다.

* 들녘에 있던 시혜비는 지금 이월면행정복지센터로 자리를 옮겨와 있다.

물결 쉬어가다

– 식파정

식파정(息波亭), 물결이 쉬어가는 곳이다
명리에 담백한 이득곤이 세운정자로
삼면이 탁 트인 백곡호 맑은 물가에
등대인 듯, 선비의 풍모로 홀로 서있다.

'사람의 마음은 본시 물결과 같아
바람이 일면 욕랑(慾浪)이 이니,
그 마음의 욕랑을 절제하고 잠재우라'

삿된 마음 뉘이고 쉬어가는 물결처럼
세속의 이물을 말끔히 헹구어 내고
심성을 다독이며 유유하게 살아가고픈
정갈한 선비의 심성이 잔결로 빛난다.

146

백곡저수지 식파정(1983년 이전)

밤새 드날려 왔나보다. 이미 대문을 들어서 현관 앞에 소복이 쌓여있다. 하얀 눈 덮인 세상을 바라보는 것은 설렘이고 그리움의 충동이다. 그를 만나러 집을 나섰다. 아무도 지나간 흔적 없는 순백의 길에 내 첫 발자국을 내며 그에게 걸어가고 싶은 거다.

굽이굽이 백곡호를 끼고 돌아 사정마을 쪽으로 접어들었다. 사정교 못미처 왼편으로 아늑한 오솔길이 열린다. 조붓한 산길로 들어섰다. 눈꽃이 하르르 머리 위로 쏟아지며 반겨준다. 제 그림자 찍듯 바람결에 뭉싯 쏟아진 눈 자국만 엷게 깔렸을 뿐, 다행히 순백의 길 그대로다.

꼭꼭 발자국을 찍어 길 위에 길을 내려니 쪼르르 내 유년이 앞장을 선다. 하얀 솔꽃 사이로 얼굴을 내민 하늘빛도 덩달아 신선하다. 지난 가을, 낙엽 든 솔잎 융단 길에서 은은히 풍겨오던 솔향을 가슴 설레며 밟던 기억이 흔흔하다. 혼자 걸어도, 마음을 나눌 누군가와 함께 걸어도 좋을 이 숲을 오늘은 문우와 함께 한다. 꼿꼿한 옛 선비를 찾아가는 정취가 은근하다. 한 이십 여분 걸었을까.

길 끝에 그가 서 있다. 식파정(息波亭)이다. 탁 트인 호수가 훤히 내다뵈는 물가에 등대인 듯 홀로 서 있다. 새물내 감도는 옥양목 도포를 입은 선비의 모습이다. 정갈해 뵌다. 흰 눈으로 맑힌 호수에 세수하고 바람결로 참빗질한 매무새, 나를 기다린 건 아닐까. 피식 열없는 생각을 하며 그 곁에 섰다.

식파정, 물결이 쉬어가는 곳이다. 조선시대 명리에 담백한 이득곤이 자신의 호를 따서 지은 정자다. 사람의 마음은 본시 물결과 같아 바람이 일면 욕랑(慾浪)이 이니, 그 마음의 욕랑을 잠재우려 정자를 세웠다 한다. 삿된 마음을 뉘이고 쉬어가는 물결처럼 심성을 다독이며 유유하게 살아가고픈 마음이었으리.

이득곤은 광해군 때 조정의 부름에도 응하지 않고 산림에 들어가 유유자적하여 상산처사(常山處士)라 불렸다. 혼탁한 세상에 아름다운 군자로 통하는 사람이다. 저수지가 조성되기 이전, 두건이 앞 냇가에 세웠던 이 정자는 저수지가 조성되면서 자리를 옮겼다가 다시 그 자리에 숭상되는 등 시류에 따라 곡절을 겪기도 했다.

정각을 새로 채색하여 고풍스런 풍취는 사라졌지만 식파정 편액과 함께 최명길, 김득신, 송시열, 채지홍 등 22명의 제영에서 오랜 세월의 이력과 선비의 풍류만은 그대로 묻어난다.

정자에 올라 삼면으로 폭을 펼친 물결을 바라보니 이는 듯 마는 듯 고요한 잔결이 빛난다. 평온한 마음이 든다. 물결의 쉼 속에 내 마음이 쉬어감이리라.

정자 창건 당시 백곡 김득신이 지은 식파정기에 의하면,

"정자에 올라 난간에 기대어 보니, 난간 너머 긴 내는 빙 둘러 펼쳐졌는데 맑아서 거울을 잘 연마한 것 같고, 고요해서 비단을 펼쳐 놓은 것 같았다. 그것을 보고 있자니 흐르지 않는 듯 그 빛이 움직이지 않아 물결의 쉼을 알 수 있었고, 그것을 듣고 있자니

소리가 없어 물결이 일지 않으니 또한 물결의 쉼을 알 수 있었다.

달 밝은 밤엔 밝은 달이 빛깔을 드날려 달과 물결이 한 빛이니 물결이 쉬어감을 또한 알 수 있었다. 생각건대 이 물결이 괴어 쏟아지지 않고 찬찬하여 급하지 않은 것은 그 지세가 평평하여 비뚤어지지 않은 까닭이다."라고 하였다. 이 얼마나 아름다운 곳인가.

비록 이득곤이 정자를 세운 곳은 수몰되었지만, 이곳에서 수변을 바라보면 절로 시심에 젖어든다. 오늘 백곡호반에서 예의 그 물빛과 내 아름다운 청춘이 만나 바람에 나부낀다. 식파정, 정갈한 선비의 곁에서 세속의 이물을 말끔히 헹구어 젊은 날의 순수를 지켜가고 싶은 게다.

농다리 버드나무

저녁을 먹고 도착한 세금천은 서서히 어둠에 잠기고 있었다. 유장하게 흐르던 냇물이 소쿠라지듯 요란한 소리를 낸다. 한여름 밤, 달빛아래 초평호반 둘레 길을 걷자는 계획이 무너지는 소리다.

밤새 내린 빗물에 온몸이 잠겨 허우적대다 저녁나절 겨우 정수리의 숨통이 열렸나 보다. 왼 종일 시달린 듯 돌다리는 새까매진 등가죽을 드러내며 벅찬 숨을 훅훅 토해내고 있었다. 열기가 찐득하니 몸에 달라붙는다. 밤바람도 그 열기를 어쩌지 못해 하양 후터분하게 흩어진다.

여울지는 황톳물은 여전히 기세등등하게 물방울을 튕겨대고 있다. 평소 성긴 듯 무던해 보이던 돌다리도 아무 때나 결코 호락호락 길을 내 주지 않겠다는 의지가 결연해 보인다. 호기 있게 밤길을 나섰던 배짱이 주춤해진다.

만삭의 몸이 된 열나흘 달빛은 유유히 농다리를 건너 저만치 앞서 길을 밝히고 있다. 예닐곱 일행은 다리 위로 한 발도 내딛질

농다리의 버드나무

못하고 주변을 맴돌 뿐, 자연 앞에 맞설 수 없는 작은 존재임을 실감하고 있다.

　여름이면 몇 차례씩 폭풍우를 겪어 내면서도 천년세월을 견뎌 온 돌다리의 저력을 다시금 생각해 보게 된다.

　유유하게 흐르든, 소쿠라지든 물살을 거스르지 않는다. 결의 흐름을 쫓아 구불구불 몸의 형태를 구부리고 있다. 제각각 생긴, 크고 작은 돌들을 다독이며 모난 각을 궁굴려온 것도, 여기저기 빈틈을 보이는 성긴 다릿발도 물의 흐름이 쉽도록 하기 위한 배려 가 우선했음을 알 수 있다.

　어쭙잖은 자존심을 내세우며 시멘트나 현대문명의 이기로 빈틈

없이 싸 바르고 완벽한 듯 꼿꼿한 자세로 맞섰다면 벌써 무너지고 말았을 것이다. 다리 초입, 오른쪽에 벌렁 자빠진 형태로 살아가는 버드나무만 봐도 그 이치를 읽을 수 있다.

다리 근처에는 양 옆으로 버드나무가 하나씩 서 있을 뿐, 그늘을 드리울만한 큰 나무가 없다. 그러니 오른쪽에 번듯하게 서 있던 그 버드나무는 오죽 의기양양, 호기롭게 살아갔을 것인가.

그러던 어느 폭풍우 휘몰아치던 날, 황톳물 넘실거리는 그 물가에서 굽힐 줄 모르고 물길에 맞서다가 결국 뿌리째 뽑혀 쓰러지고만 것이리라. 세상 이치를 거스른데 대한 준엄한 벌이었을지도 모른다.

그래도 오랜 세월 함께 해온 세금천 물살은 그를 쓰다듬어 다시 생명을 이어가도록 손을 잡아 주었다. 위로 향하던 뿌리는 뒤둥그러져 있지만 땅에 닿았던 부분은 땅 속으로 더 깊이 뿌리를 내리며 힘겹게 생을 영위하게 된 것이다. 세상 이치에 대한 깨침을 호되게 체험한 버드나무의 새 삶을 본다. 그도 점점 농다리의 삶을 닮아가나 보다.

누운 채 가지를 다시 일으켜 세워 살아가고 있는 버드나무는 '강함은 부드러움을 결코 이지지 못함'을 온 몸으로 증명이라도 하듯 지금 겸손하게 몸을 굽힌 자세로 사람들에게 그늘을 드리워 주고 있다. 휘어진 몸통을 타고 오르는 사람들도 편안하게 받아주고, 기대어 서서 사진을 찍는 사람에게는 잔가지를 늘어뜨려 멋진 배경이 돼주는 배려도 아끼지 않는다.

　부드럽게 마음을 열고 받아주는 버드나무가 오늘따라 정겹다. 오가는 마음이 통했기 때문이다. 어느새 열나흘 달빛이 버드나무 가지 사이로 끼어들어 운치를 돋우고 있다. 달빛과 돌다리 그리고 버드나무와 사람이 어우러져 한 폭의 수채화로 머무는 여름밤이 점점 깊어가고 있다.

농다리 사연

불그스름한 돌, 크고 작은 그대로
밑돌 윗돌 서로 괴고 받침 되어
하나의 다리, 천년 역사를 잇는다.

구부정히 엎드려 품어온 세월
성긴 바람 길, 물의 결 따라
설핏설핏 아롱지는 물무늬
지고지순한 그만의 사랑이다.

즐겨 찾으며 마음을 맑히는 곳이 있다. 농다리다. 4월, 미선나무 꽃으로 시작된 향기가 아까시향을 거쳐 쥐똥나무 꽃향기로 줄을 잇는다. 갈 때마다 다른 풍광으로 맞아주는 그곳에서 심호흡으로 가슴을 열면 왠지 마음이 넉넉해진다.

어느 날, 문득 수만 사람들의 발아래 짓눌려 있는 농다리의 모습이 눈에 들어왔다. 세금천 물길 따라 뚝뚝 초록물 들던 날, 생거진천 농다리축제가 절정을 이루고 있었다. 상여 메고 아슬아슬

　돌다리 건너는 장면을 촬영하기 위해 전국에서 몰려온 사진작가들이 장사진을 이룬다. 둥둥 바지를 걷어 올리고 냇물에 들어서서 카메라 렌즈에 눈을 박고 있는 사람들, 돌다리 위에 선 사람, 알록달록한 구경꾼들, 이곳에선 모두가 주인공이자 서로 배경이되어 어우러진다.

　지방유형문화제 28호, 새삼 설명이 필요 없을 정도로 이미 전국적으로 농다리의 명성이 높아져 가고 있음을 한 눈에 알 수 있다. 자연 그대로의 크고 작은 돌들이 밑돌 윗돌, 서로 괴고 받침이되어 하나의 다리로 얽혀 있는 것도, 성글성글 구부정히 냇물에엎드려 있는 모습에서도 강하거나 완벽함은 보이지 않는다. 다소

엉성해 보이기까지 하다. 그럼에도 천년의 세월을 묵묵히 견디어
왔다.

그 옛날에 놓은 다리가 과학적인 공법이라며 건축학적 사료의
가치를 운운하지만, 자연에 순응하는 민초들의 심성이 먼저 읽힌
다. 홍수가 지면 그 물 속에 온 몸을 내어주고, 물의 결에 따라
제 몸을 맞추며 그들과 함께 해온 돌다리, 때때로 수마(水魔)가
할퀸 상흔을 보듬으며 견뎌냈다. 무려 천 년여 세월을 그리 무던
히 살아가고 있다는 소문이 꼬리를 문다. 너른 초평호와 수변 초
롱길로 연계되어 있는 자연경관, 그리고 천년 돌다리라는 독특한
문화재가 어우러져 걸작을 이뤘기 때문이다.

그 특별한 돌다리가 지금 문화재를 찾는 사람들의 발아래 짓밟
혀 숨도 제대로 쉴 수 없을 지경이다. 교행조차 할 수 없을 만큼
붐빈다. 더 이상 저대로 둔다면 문화재가 발길에 짓밟혀 무너지고
말 것만 같다.

역사적, 학술적, 예술적 가치가 높은 것을 문화재로 지정한다.
마땅히 보존하고 대물림해야 할 유산이다. 농다리는 지금 문화재
로 지정되어 있지만 보호를 받기는커녕 오히려 그 유명세로 혹사
를 당하고 있다. 농다리 보호를 위해 또 다른 다리의 건설이 절실
하다. 보호물로서의 다리를 말한다. 규제는 보호를 위해서 존재
할 때 더 의미가 있는 것이다. 규제나 통제 자체가 굴레가 되어서
는 아니 된다.

완위각, 만권루

조선후기 4대 장서각 중 하나인 완위각이
초평면 용정리 양촌마을에 버젓 했었다네
만권의 서화를 보유하여 만권루라 불리던 곳
장서가요 문인화가인 이하곤,
그의 정성 어디가고
허물어가는 사랑채만이 흔적을 증거 하듯
휘우듬한 다리 부여잡고 자존심 버티고 섰다

한양 길 선비 머물고, 명사들 교류하던 곳
의학, 천문, 지리, 서화 두루 갖춘 만권루
그 많은 장서 소용돌이 전쟁 끝내 못 견디고
불쏘시개 된 문화, 잡풀 밭에 동댕이질 당했지
예서 학문했던 학자들 선비정신 꼿꼿하듯이
옛 선비의 문화 공간 다시 꽃필 날 있으려나?

초평 양촌마을 완위각

　'완위각'은 충북 진천군 초평면 양촌마을에 있는 조선시대 사설 도서관이다. 만권의 장서를 보유하였다하여 '만권루'라고도 불린다. 문인이자 미술평론가인 담헌 이하곤의 개인 장서각이다. 이정구의 '월사고택' 유명천의 '천문당' 유명현의 '장성당'과 함께 조선 후기 4대 사립장서각 중 하나로 꼽힌다. 모두 7동으로 된 한옥 건물이었으나 현재 사랑채 1동만 불에 타다만 채 터와 함께 역사를 증명하고 서 있다.

　이하곤(李夏坤, 1677~1724)은 고려 말 학자 이제현의 14대 손으로 대제학 이인엽의 아들이다. 친가, 외가, 처가 모두 탄탄한 당대 학자 집안이다. 그는 숙종시대 진사과에 장원급제하였으나 대과에 나가지 않고 고향인 초평으로 내려와 학문을 닦으며 서책, 시,

서화작품 수집에 몰두한 장서가이기도 했다.

완위각은 이병연을 비롯한 윤두서, 정선 등 당대 유명한 문인, 화가들과 교류한 장소로서 문화적 공간이요 소통의 장이었다. 특히 최명길, 최석정, 정인보로 연결되는 강화학파 인사들이 많이 찾아와 학문과 토론을 벌였다 한다. 그만큼 인근에서 많은 선비들이 드나들며 학문을 닦았으리라. 과거시험 보러가는 선비들이 묵으며 서책을 보았다는 설도 전해온다.

서책 만여 권을 보유했던 도서관 완위각의 그 많은 장서는 임진왜란, 한국전쟁 등 전란을 겪으면서 불쏘시개 또는 뒷간의 휴지로 소실되었다 한다. 만권루의 위용은 고사하고 몇 안 되는 작품과 함께 홀로 휘우듬히 자리를 지키고 서 있다.

그래도 어린 시절 그곳에서 학문을 익혔던 위당 정인보 선생이 있어 마음의 위안을 삼아 본다. 비록 서책과 자료, 건물은 소실되었지만 그곳에서 익힌 학문과 정신은 길이 전해질 수 있으니 말이다.

정인보 선생이 누구인가. 4대 국경일 노래를 모두 지으신 분 아닌가. 일제의 압박에도 굴하지 않고 우리 얼을 꼿꼿이 지켜오지 않았던가. 책을 읽고 익히는 것이 얼마나 소중한 것인지 일깨울 수 있는 곳이 영영 잊혀지지 않기를 바라는 마음이다.

송강의 집

가사문학의 대가 정철 선생과의 만남이다
문지기, 400년 느티목이 짱짱하고 당당하다
외삼문에 이르면 *문청문(文淸門)과 함께
대표작 '사미인곡' 시비(詩碑)가 반겨 맞는다.
"그윽이 풍겨오는 매화 향기는 무슨 일인고"

솟을삼문으로 우뚝한 내삼문을 들어서면
'충의문(忠義門)' 편액이 그의 충절을 대변하고
고아한 목련은 툭툭 꽃잎을 떨구고 섰다
당쟁의 중심에서 요동친 정치인이었으며
한 시대를 풍미한 최고의 문장가 아니던가

'송강사(松江祠)' 편액이 단아한 사당 앞,
꺾일망정 굽실거리지 않는 호방한 성품과
한없이 부드럽고 아름다운 문장을 구사하던,
양면성을 지닌 영정을 묵연히 바라본다.
'文淸公, 송강 정철'… 위엄이 서려있다
감히 따를 수 없는 문단 최고봉의 기품이다.

정송강사. 1976년 충청북도 기념물 제9호로 지정

밝은 봄 햇살을 받으며 잎눈이 막 트이기 시작한다. 금방이라도 와그르르 터져 나올 기세다. 산새들 짹째글 대는 소리가 발걸음을 더욱 가볍게 한다. 정송강사에 도착하니 400년 노거수 느티나무가 제일 먼저 반긴다. 언제 봐도 수려한 모습에 위엄을 갖추고 당당히 서 있다. 얼핏 선생의 풍모가 이러하지 않았을까. 홍살문 너머 따사로운 햇볕을 받고 있는 고즈넉한 경내는 그 어느 때보다 안온한 느낌이다.

선생은 강원, 전라, 함경도 관찰사를 지내면서 관동별곡과 훈민가 등 주옥같은 글을 빚어냈다. 낙향한 뒤에도 사미인곡, 속미인곡 등 수없이 많은 불후의 명작을 낳았다. 권주가인 장진주사(將進酒辭)를 보면 호방한 성품이 그대로 드러난다.

매화꽃 향기를 머금고 다소곳이 서 있는 '훈민가'와 '관동별곡' 시비를 대하면서 왼편으로 굽어진 길로 들어섰다. 송강 묘소 가는 300미터 오솔길이다. 대뜸 시작부터 가파른 것이 칼칼했을 그의 성품을 엿보는 듯하다. 일대가 소나무 군락을 이룬 묘소에 이르니 큼지막한 봉분이 둘이다. 송강 선생과 그의 둘째 아들이다.

기실, 환희산 자락을 깔고 누워 있는 선생은 진천군과는 아무런 연고가 없었다. 1536년 한양에서 태어나 강화도에서 별세하였고, 고향은 전남 담양으로 꼽힌다. 살아생전 함경도부터 전라도까지 관직을 따라 두루 이동하는 과정에서도 진천과 인연이 닿았던 부분은 어느 곳에서도 발견되지 않았다. 그런 그가 우리 지역에 묘

터를 잡으면서 영일정씨들의 집성촌이 형성되었고, 오늘에 이르게 된 것은 순전히 우암 송시열 선생의 덕분이다.

어느 날 우암 선생이 청주 쪽에서 진천으로 넘어오는 고갯길에서 잠시 쉬고 있던 참이었단다. 풍수지리에 능한 선생의 눈에 저 멀리 산세 좋은 지역에 길한 묘 터가 눈에 들더라는 것이다. 평소 송강 선생의 유택을 좀 더 좋은 곳에 모시고자 하던 차에 길지를 짚어주니 그의 문중에서 쾌히 승낙하고, 일을 진행하기에 이른다. 자손 중 정양이라는 사람이 관직을 강등하면서까지 진천고을로 부임을 자처하고 들어와 경기도 고양시 원당면에 있던 묘를 이장시키고 사우를 건립하게 되었다. 송강 정철 선생이 진천과 인연이 닿은 이야기다.

송강은 가사문학의 대가로 꼽히지만 정치적으로도 서인의 영수로서 당쟁에 깊이 휘말려 순탄하지 않은 일생이었다. 오늘날의 정치 현실을 보면서 조선시대 사색당파 싸움으로 나라가 위태로워졌던 그때와 크게 다르지 않음을 본다.

송강사우 훈민가 시비 앞에 이르니 '훈민가 16수'처럼 따끔하게 계도할 수 있는 문필이 그립다. 이 시대 어느 누가 있어 이같이 일갈할 수 있겠는가. 사람의 도리가 자꾸 옅어져 가고 있는 것만 같아 안타까운 마음이다.

* 文清 : 송강 정철 선생의 시호
* 정철 : 조선시대 가사문학의 대가로, 묘소를 문백면으로 이장하면서 진천에 송강사우를 건립함.

소습천(消濕泉)

– 어수천 약수

산자락 붉은 너럭바위 틈새로
보일 듯 말듯 물이 솟아 흐른다.
농다리 오가며 농사짓던 이들
목 축여주던 옹달샘이었을까

세종대왕 눈에 들어온 소습천,
안질치료차 초정으로 행차 중
어찌 알고 그 물맛 보셨을까
왕이 드셨다하여 '어수천 약수'
풍습에 좋고, 안질에 좋다는데

언제, 누가 그 물길 손댔을까
옹달샘 본래 모습 잃어버리고
어지러이 때 묻어 흐르는 물
차마 입에 떠 넣을 수 없어…

농다리 굴다리 입구 소습천

소습천은 농다리 입구 오른쪽 산자락에 있다. 세종대왕이 안질 치료차 농다리를 건너 초정리로 가던 중 마셨다고 해서 어수천(御水泉) 약수라고도 불린다.

산비알 거대한 붉은 반석은 品(품)자형을 이루고 그 반석 사이에서 암반수가 용출되어 연중 마르지 않았다. 이 샘물은 풍습에 좋고 안질에 용하다고 알려져 많은 사람들이 즐겨 찾았다. 한때는 인근 아낙들이 치마로 병풍을 만들어 치고 몸을 씻기도 했다는 말이 전해진다.

인근에 농다리가 지방유형문화재 28호로 지정되고, 관광 명소가 됨에 따라 전국에서 수많은 사람들이 몰려오기 시작했다. 자연

166

그대로의 소습천은 개발이라는 명목으로 더욱 좋게 하고자 함부로 손을 댔다. 물길을 잘못 건드린 것이다. 물도 분명 제 갈 길이 있음에도 얕은 사람들의 머리로 물길을 마음대로 부리려 했다.

지금 소습천은 그 옛날 세종대왕이 떠 마셨던 옹달샘 구실을 하지 못하고 있다. 갈길 몰라 헤매고 있는 물줄기가 바위틈 여기저기로 흘러내려 질척인다. 바가지로 떠먹을 만큼 해맑은 샘물은 더 이상 볼 수 없게 되었다. 소습천가에 이르면 사방팔방 흩어져 내리는 물기마냥 마음이 산란하다.

자연은 그대로 보존할 때 깊고 고즈넉한 맛을 느낄 수 있다. 그대로 두었더라면 가끔씩 찾아가 어수천 한 모금으로 흐려진 마음의 눈을 씻어볼 수 있었을 터인데….

장수굴
– 중악석굴

사자산 중턱 마애여래입상 옆에 이르면
집채 같은 바위에 절로 뚫린 석굴 하나
소년 김유신, 호국의 기개 품고 수도 했다네

비장한 그 염원 하늘에 닿았던가
돌연 백발의 노인, 난승이 나타나
방술의 비법을 전수해 주었다네

범상치 않은 기가 흐르는,
삼국통일의 꿈을 완성한 그곳은
장수굴이라 불리는 중악석굴

대왕을 탄생시킨 영험한 기도처
지금, 입신양면의 꿈을 꾸는가
누군가 정성스레 비손한 흔적,
마애불이 지긋이 지켜보고 있다.

장수굴 중악석굴

사곡리 마애여래입상

사지마을 뒤 사자산 중턱의 마애불은
7미터 암벽에 돋을새김으로 서 있는
신라시대의 국내최대 마애여래입상이다

굳게 다문 입 사이로 번지는 엷은 미소
어깨까지 닿는 커다란 귀, 온화한 자태는
중생을 향한 열림이요 자비의 표현이리

가슴 한쪽 무너지는 인고를 감내하며
장수굴 곁에서 혼신의 기를 끌어올려
삼국통일의 의지, 예서 완성시켰겠지.

사곡리 마애여래입상 (1982년 문화재로 지정)

진천군 이월면 사지마을 뒤 사자산 중턱에는 집채만 한 바위가
있다. 이 바위에 7미터 높이의 마애여래입상이 돋을새김으로 조각
되어 있다. 1982년 충청북도 유형문화재 제124호로 지정되었다.

마애불(磨崖佛)은 절벽이나 커다란 바위에 새긴 불상이다. 벼랑
부처라고도 불린다. 자연의 암벽에 부조, 선각으로 나타냈다. 흔
히 바위 면이 밖으로 노출된 새김이 얕은 것을 마애摩崖, 새김이
깊은 것을 불감(佛龕), 사람이 출입할 수 있는 크기는 석굴石窟로
구분하여 명명하기도 한다.

마애불은 7세기 전반부터 백제에서 시작되었다고 본다. 고려의 마애불은 일반적으로 추상화된 것을 볼 수 있고, 기형적으로 거대화 시킨 신체 세부를 통해 정신적인 위압감을 주는 것을 특색으로 꼽는다.

진천의 사곡리 마애불과 장수굴은 하나의 거대한 암반에 나란히 같이 있는 동체다. 신라 통일 이전의 것으로 추정되는 이 마애불은 커다란 바위 면에 전신광배를 만들고 그 안에 불상을 새겼다. 둥근 얼굴에 표정이 단정하다. 주름, 목의 삼도가 뚜렷하다. 어깨까지 늘어진 커다란 귀는 세상을 향한 귀 기울임을 뜻하는 것인가. 엄지와 장지를 모아 쥔 왼손이 유난히 큰 것도 인상적이다. 건장한 신체에 왼편 가슴 한쪽이 움푹 패어 있고 그 아래 통견으로 입혀진 법의 자락은 몸 앞으로 U자 형태 주름 표현이 선명하다.

그 옆으로는 장수굴이라 불리는 중악석굴이 있다. 장수굴은 김유신 장군이 삼국통일의 큰 꿈을 품고 기도하던 곳이다. 호국 기개 비장한 염원이 하늘에 닿았음인가. 돌연 백발 난승이 나타나 방술의 비법을 전수해 주었다는 이야기가 전설처럼 내려온다. 마애불은 장수굴을 지긋이 내려다보며 원대한 꿈을 품은 김유신 장군에게 삼국통일의 기를 불어 넣어 주었을지도 모른다.

대왕을 탄생시킨 영험한 기도처 장수굴과 마애불 앞에는 지금도 누군가 와서 비손한 흔적이 있다. 간절한 염원을 품고 낮게 엎드려 자성하며 살아간다면 나의 기원도 이루어지려나?

chapter 5

가래질 풍경

사거리 풍경

1970년대 진천읍사무소 앞 사거리 풍경입니다.
양복점과 다방, 이발관, 약국이 나란한 상점가
아모레와 쥬단학 쌍벽을 이룬 화장품 광고는
그때 그 시절에도 화려하게 눈에 띕니다.

함석지붕 머리에 인 야트막한 건물 사이
현대식 2층 건물인 공용버스정류장은
대중교통의 전성기를 대변하듯 번듯합니다.
도로에 즐비한 자전거가 곧 자가용이었죠

높다란 전봇대 얼기설기 늘여진 전깃줄은
농경사회에 부는 새로운 산업화의 예고입니다
방송매체도 라디오에서 텔레비전으로 바뀌고
가정환경조사에 전자제품은 부의 척도였지요.

진천읍사무소 사거리(1978년)

진천읍 시가지에서거리 질서계도(경찰, 모범운전자, 고등학생 선도부)

진천읍내 사거리, 가장 번화한 거리다. 형제라사 양복점은 없어진 지 오래되었다. 여고 졸업 기념으로 올케 언니가 투피스를 맞추어 주었던 양장점도 사라졌다. 일정하게 제품화 되어 나온 기성복에 내 몸을 맞춰 입어야 하는 시대로 바뀌었다. 이발관도 뒷길로 밀려나 있다. 다방이란 말 대신 커피숍이 일반화 되었다. 제화점은 사라졌는데 공용주차장 건너편으로 사람 두엇 들어갈 만한 공간에 구두수선집이 지금껏 남아 있는 것이 용하다.

진천읍내 중심 상가는 井(정)자형으로 형성되어 있다. 야트막하던 상가 건물 자리에 빌딩이 세워지고, 즐비하게 자전거가 서 있던 길가엔 승용차가 빽빽하게 들어차기 시작했다. 거리에 걸어 다니는 사람보다 자동차 숫자가 더 많아졌다. 오가는 차가 많아지면서 한정된 도로엔 자동차 교행이 어려울 지경이다. 잦은 교통체증으로 거북이 운행이 계속된다. 수없는 민원을 수렴하고 공청회를 거쳐 자동차 일방통행이 검토되었다.

2007년 충북 도민체전이 진천에 유치되면서 시범적 일방통행을 실시했다. 다소 혼란이 있었지만 접촉사고도 줄어들고 효과적이라는 반응이 지배적이다. 그 후 일방통행 실시가 확정되었다.

상가 사람들이 들고 일어난다. 각자 주판알을 튕기며 잇속을 따지고 있다. 내 상가 앞에 차를 댄다고 난리고, 길가에 자동차를 대지 못하게 하면 손님이 안 든다고 난리다. 중심 상가는 한쪽 길 처음부터 끝까지 다 걸어도 10분도 안 되는 거리인데 자동차를 끌고 들어서는 사람은 주차할 데가 없다고 씩씩댄다. 점점 여유와 배려가 없어져 가고 있다.

사진 속 허름한 상가, 한가로워 보이는 길가에 어슬렁대는 사람들이 외려 행복해 보인다. 경제적인 부가 여유와 행복의 척도가 아님을 알 듯 하다. 시공간이 여유로워야 마음도 넉넉해지는 것인가?

거리질서 계도에 대표적인 3인방–경찰, 모범운전자, 고등학교 선도부– 이들이 합동으로 벌이는 거리질서 계몽 활동을 본 것이 언제였던가. 자동차의 홍수 속에서 슬그머니 사라져간 그때 그 시절의 자취를 돌아본다. 다시 볼 수 없는 정겨운 모습이다.

민중의 지팡이

"어서 오십시오, 무엇을 도와드릴까요."
여러분을 위한 경찰서입니다
메가폰 들고 거리질서 확립 계도를 나서기 전
민중의 지팡이로서 경찰의 역할을 다짐합니다.

당시 진천경찰서는 6개의 지서와 2개의 파출소
104명의 경찰이 치안을 맡고 있었습니다
범죄 신고는 112, 간첩신고는 113,
귀에 못이 박히도록 외운 숫자는
우리를 지켜줄 든든한 끈, 경찰의 상징입니다

"저기, 순경 아저씨 온다."
울던 아이 울음도 뚝 그치게 하고
지은 죄 없어도 겁나는 존재였던 경찰관은
사방 걸린 멸공, 반공, 방첩 단어와 함께
보는 것만으로도 범죄예방이 되는
멀고도 가까운 우리의 이웃이었지요.

진천경찰서 전경(1978년)

1979년 나의 첫 직장은 서울특별시 경찰국 정보과였다. 특별한 사람으로 보였던 사람들과 한 사무실에서 일하게 되면서 그들과 자연스럽게 생각이 합류되었다. 정보과 업무는 특별했다. 사무실 문을 나가는 순간 다 잊어야 하는 업무를 다뤘다. 세상물정 모르는 우물 안 개구리가 우물 밖에 나와 보니 다른 세상이 보인다.

나에게 1979년은 세상에 대해 새로 눈을 뜨게 된 해였다. 교과서와 현실의 차이를 느꼈다. 그동안은 교과서에서 유신의 3대 원칙을 외우며 유신체제를 최고로 알았다.

제대로 된 정보를 보고 접할 기회가 없었기 때문이다. 또 다른 목소리가 그렇게 많이 있다는 걸 처음 알았다. 유신철폐 운동,

긴급조치 위반, 살벌한 말들이 난무했지만 나와는 무관한 것으로 지나쳐 왔던 게 사실이다.

그해 부산, 마산에서부터 대대적인 반정부 시위가 일어났다. 이른바 부마사태다. 계엄령이 선포되었다. 들불처럼 일어난 데모, 시위대를 직접 목격했다. 서울역, 시청, 정부청사, 중앙청 일대 차도가 사람들로 빼곡했다. 온통 시국이 초 긴장사태가 되더니 결국 궁정동 안가에서 박정희 대통령 시해 사건이 일어났다. 최측근 부하인 중앙정보부장 김재규에 의해서이다. '10.26 사태'라고도 한다. 1972년 시작되어 철벽같던 유신체제, 18년간의 장기집권체제가 막을 내렸다. 내가 태어나서 느낀 가장 큰 국가 비상사태를 서울지방경찰청 현장에서 맞았다.

국가 비상사태에서는 군인과 경찰이 제 일선에 선다. 그 틈에서 뭐가 뭔지도 모르게 사무실에선 숨 가쁘게 일이 진행되었다. 민주화운동이 들불처럼 일어났고, 계엄령이 내려진 가운데 혼돈의 시기를 맞았다. 정신 차릴 겨를도 없이 숨 가쁘게 돌아가는 상황에서 전두환 군부가 정부를 장악했다. 군인이 또 다시 대통령이 되었다. 지금과 달리 군인, 경찰, 공무원은 무조건 정부 방침에 따랐다. 내 20대는 서울에서 그렇게 격정의 시대를 함께 호흡했다.

그 당시의 사진을 접하니 내 고향 진천에서도 그렇게 경찰관은 정부와 제도권에 순종하며 주민들의 치안과 질서를 위한 민중의 지팡이로서 의무를 다하려 노력했지 싶다.

빨간 불자동차

인간이 동물과 다른 존재로 우뚝한 것은
불을 발견하고, 다스려오면서이다.
화로에 작은 불씨 묻어 지켜온 정성이다.

불은 인류문명을 끌고 온 선두주자다
그것은 생명력과 창조력의 상징이며,
청정의 힘, 정화의 힘을 가지고 있다

불은 삼가고 조심히 다스려야 한다.
화가 나면 타오르려는 목표만을 향해
까맣게 바스러질 때까지 태워버리고
야누스의 얼굴로 시침 뚝 떼고 앉는다.

인명과 재산을 사르는 크고 작은 불은
성냥 한 개비의 작은 불씨에서 비롯된다
어여쁜 여인 대하듯 귀하게 다뤄야한다

11월 9일 소방의 날이다. 119 빨간 불자동차가 일제히 거리로 나왔다. 메가폰을 잡고 목소리를 높여 불조심 홍보 가두캠페인에 나선 것이다. 불조심은 아무리 강조해도 지나치지 않는다. 주변에서 일어나는 대부분의 크고 작은 불은 작은 불씨에서 비롯된다.

불은 느닷없이 일어나 붉은 머리채를 풀어헤치고 춤을 춘다. 산발한 머리카락으로 모든 것을 휘감는다. 형체도 없이 사그라질 때까지 모든 것을 사른다. 소방의 날 즈음해서는 관민이 함께 거리행진을 하며 불조심 홍보에 나서곤 했다.

나는 결혼과 동시에 퇴직하고 여성의용소방대에 들어가 여성단체 활동을 했다. 주로 불조심 홍보캠페인과 화재 현장 보조 활동이다. 화재 중에서 가장 무서운 것은 산불이다. 도깨비불처럼 이 산 저 산 날아다니며 뭉텅뭉텅 불을 지핀다. 동시다발적으로

불조심 홍보캠페인(1979년)

불이 붙어 타오른다. 소방대원들도 불을 쫓아다니기 바쁘다. 진화과정도 힘든 상황이지만 피해 역시 엄청나다.

산불은 현재의 형태만 소각 되는 것이 아니다. 과거, 미래까지 함께 소멸이 된다고 해도 과언이 아니다. 돈이 있다고 금방 복구되는 것이 아니다. 수십, 수백 년 산림이 잿더미가 되면 복구하는데도 그만큼의 시간이 필요한 것이다. 우리를 모두 안타깝게 했던 고성 산불 피해는 이 모든 것을 고스란히 보여주는 현장이다.

도심 한복판 주택 또는 상가의 화재 역시 재산 피해는 물론 수많은 인명피해를 가져올 수 있다. 화재가 발생하면 5분이 골든타임이라 한다. 하여 지금은 큰길 그 이면도로, 주택가에는 소방도로부터 뚫는다. 그러나 소방도로는 제 구실을 못하고 있다.

그 길에는 빼곡하게 주차된 차량들로 인해 소방차가 신속하게 진입하기가 어려운 지경이다. 큰길 이면도로는 더욱 심각하다. 소방도로로 닦아 놓는 족족 주차장이 된다. 주차된 차들로 인해 화재 시 소방차가 출동해도 속수무책일 때가 많다. 피해는 고스란히 주민 몫이다.

1970년대 사진에서는 길가에 주차된 승용차가 한 대도 보이지 않는다. 자전거, 오토바이가 자가용이었다. 차 없는 거리가 외려 신선해 뵌다.

불조심 홍보보다 더 시급한 것이 주차 홍보가 아닐까 싶다. 소방도로가에 주차된 차들이 바로 사라져야 할 풍경, 빨강 경보다.

삽질의 노래

근면·자조·협동 새마을정신으로 한마음 되어
온 마을 사람들이 웃통 벗어 제친 한여름
'내 고장 삶의 터, 내손으로' 다부진 각오
장마로 무너진 하천 제방이 무색하다.

내리쬐는 폭염 속 검게 탄 구릿빛 얼굴들
모래 담은 포대마다 굵은 땀방울 버무려 담아
유실된 삶의 현장에 애향심 차곡차곡 쌓으며
새 희망의 열기로 여름 한낮 더위를 몰아냈다.

그렇게 함께 지키고 가꿔 윤택해진 고향땅
개울물 따라 키워 온 꿈 바다로 흘러흘러
성숙해진 경제기반, 풍요의 노래가
고향산천 연어로 회귀하기까지
모두는 힘찬 삽질을 멈추지 않았다.

1979년 수해복구 현장

어려운 시절 모두가 합심하는 모습이 아름답다. 수해가 일어나면 온 마을 사람들이 웃통을 벗어던지고 나섰다. 관민이 따로 없다. 가래질로 흙을 퍼서 마대자루에 담아 차곡차곡 무너진 둑을 새로 쌓으며 복구를 한다. 모두가 내 일처럼 땀 흘렸다. 그렇게 자연의 풍수해와 싸워가며 삽질의 노래가 풍요를 이뤄냈다.

이제 먹을 것이 풍족해졌다. 농촌은 특용작물로 부를 이루고 있다. 모양새도 말끔해졌다. 해외여행도 이웃동네 드나들 듯 한다. 시골사람 도시사람 따로 없이 모두가 여유를 즐긴다. 그러는 가운데 잃은 것은 무엇일까.

풍수해가 나면 관청에 전화부터 한다. 복구는 뒷전이고 우선 정책이 잘못되었나, 인재가 아닌가부터 따진다. 공무원이 먼저 뛰어나가 대처하지 않으면 난리가 난다. 복구현장에 웃통 벗고 나서는 주민은 이제 없다. 얼마간 나라에서 보상해 주지 않으면 가만히 있지를 않는다. 우리 동네, 동네 안길 도로 정비는 물론이고 내 집 앞 눈도 안 치우는 세상이 되었다. 품앗이, 협동, 공동체 의식이 점점 사라지고 개인 이기주의가 되어가는 현실의 끝은 어디일까.

사진 속 저 차림으로 마을의 어려움을 함께 헤쳐 나가던 모습이 참으로 귀해 보인다. 구릿빛 땀방울이 눈에 보이는 듯하다. 우리나라 경제기반을 바로 세운 저력이 여기에서 비롯된 것이 아닌가. 다소 무지해 보여도 선량한 마음이 오가던 그때가 진정 사람 사는 멋이 아니었을까.

가래질 풍경

덕산면 미루나무 가로수길 정비사업 현장이다.
마을 장년들이 솔선수범 참여해 가래질을 한다.
장치를 잡고 가래 날을 조절하는 장부잡이와
줄을 잡고 당기는 줄꾼이 어여차 호흡을 맞춘다.

한 명의 장부꾼에 줄꾼 둘을 일러 세 손목 한카래요,
장부잡이와 줄꾼 넷을 다섯 손목 한카래라 함은
여럿이되 힘을 조절하며 한 몸처럼 움직이기 때문이다
메기고, 받는 사람이 마음 절로 어우러짐을 의미한다.

한뜻 한마음이 아니면 멋대로 헛춤을 추어대는 가래,
가래질은 함께하는 일 중에서 믿음과 협동이 돋보이는
우리 민족 공동체 의식을 대표하는 노동의 형태요,
농경문화의 정겹고도 아름다운 우리네 일 풍경이다.

덕산 가로수길 정비(1982년)

덕산 혁신도시(현재)

'가래 장부꾼은 호랑이도 무서워한다.'라는 속담이 있다. 가래질, 특히 가래를 잡는 장부꾼의 일은 그만큼 농사 중 가장 힘든 일이라는 뜻이다. 그러나 1981년 한적한 시골마을 미루나무길 도로정비사업 현장 가래질 풍경은 외려 정겨워 보인다. 마을 사람들이 한 마음으로 일하는 모습이 훈훈하게 한다. 흙먼지 뽀얗게 일던 비포장 길, 어릴 적 추억이 깃든 미루나무 길이 여유롭게 보이기 때문이리라.

보따리를 이고지고 그 길을 걸어서, 또는 소달구지를 이용하여 닷새마다 열리는 덕산 구말 장터를 오갔을 테다. 호미 들고 엎드려 가꾼 작물을 내다팔고 그 돈으로 장을 봤다. 식솔들에게 먹일 자반이나 고무신, 옷가지들을 사들고 오는 가장이나 한 어머니의 발걸음을 생각하면 내 마음도 가뿐해진다. 호주머니에 십리사탕이라도 몇 알 들어있으면 더 없이 행복하였을 게다. 내 어린 날 흔히 보아온 풍경이다.

이런 시골 마을이 완전히 뒤집어졌다. 인근 논과 밭, 마을과 야산을 밀어 제쳤다. 포클레인, 불도저, 대형 장비들이 요란한 소리를 내며 휩쓸고 간 자리에 최신형 건물이 들어서기 시작했다. 흙먼지 일던 신작로는 반듯한 아스팔트길로 사방팔방 뻥뻥 뚫렸다.

자연지형에 따라 집이 들어서고, 그와 연하여 구불구불 길이 이어지던 풍광은 그림자도 볼 수 없다. 불과 몇 십 년 전, 마을사람들이 땀 흘리며 서로 힘을 보태 가래질로 마을 길 도랑을 정비하던 풍경 또한 아득한 전설 속으로 묻혔다. '상전벽해'가 따로 없다.

철저하게 계획된 혁신도시에 주요 공공기관이 들어선다. 우뚝우뚝 솟아오른 아파트에 사람들이 속속 모여들고 있다. 건물의 높이만큼 더 높은 꿈을 안고 몰려들었으리라. 하루가 다르게 인구가 늘어나고 있다. 4~5년 전, 몇 천 명에 불과했던 면이 2019년 읍으로 승격이 되었다. 도시형 미래로 향하는 축포 소리와 함께 이제 또 다른 시작점에 서있다.

덕산은 수백 년 전부터 예사롭지 않은 문화적 자산을 품고 있는 곳이다. 고대 철 생산지인 석장리 유적과 산수리 백제 요지가 일찌감치 터를 잡고 있다. 용몽리 질 좋은 논바닥에서는 풍년을 꿈꾸며 부르던 들노래 소리가 구성졌다. 구말장터에서 왁자하게 벌어졌던 민초들의 강한 삶의 의지와 인정, 풀잎 같은 사람들의 뭉쳐진 소리가 오늘을 지켜낸 저력이 아닐까 싶다. 물질문명의 발달은 정신문화의 바탕 위에서야 비로소 온전해질 수 있음을 다시 한 번 새겨봐야 할 때다.

문득, 가래질하던 일손 잠시 내려놓고 신작로 바닥에 질펀하게 앉아 막걸리 한 사발 쭉 들이키며 너털웃음 터트리던 장부잡이와 줄꾼들의 얼굴이 그리워진다.

눈 가린 세상

보풀보풀 밤새 날리던 눈이
소담하게 쌓여 햇살을 받습니다.
목화솜 이불인양 하얗게 덮은
초가지붕은 아직 꿈결입니다.

부모님은 득득 넉가래를 밀며
밖으로 향하는 길을 냅니다
눈 가린 세상, 허방에 빠질세라
그렇게 늘 가족들이 걸어 갈 길을
허리 굽혀 열어주었습니다.

산골 마을에 밤새 부엉이 울음 대신 눈꽃이 함뿍 내렸다. 초가
지붕이 호사를 누린다. 마당 가득 쌓인 새하얀 눈 더미에 마음을
씻는다. 예나 지금이나 흰 눈을 보면 왜 그런지 마음이 흔들린다.
알 수 없는 일이다. 그래서 눈을 신비롭다 했는가.
눈에 대한 사전적 의미를 보면 낭만은커녕 무미건조하고 딱딱

눈 치우는 모습(이월면 노은리. 1978년)

하기 그지없다. 그저 단순히 공기 중에 떠돌던 구름이 찬 기온에 얼음 알갱이로 뭉쳤다가 무게에 의해 떨어지는 것이다. 그런 출신 이 여왕인양 고고하게 군다. 요란한 소리도 내지 않고 나붓나붓 우아한 발걸음을 내딛는다. 아름답고 호감이 가는 손님이다. 두 손을 내밀어 마음으로부터 반겨 맞는다. 마주 잡은 손끝이 시리도 록 차갑게 다가온다. 눈부신 얼굴을 하고 냉철하기가 칼날이다.

더러움을 덮어주고 깨끗한 세상을 잠시 열어주기도 한다. 하지 만, 때론 길과 길이 아닌 곳을 분별할 수 없을 정도로 모두 하얗게 겉만 포장을 해 놓기도 한다. 자칫 넋을 놓았다가는 수렁에 빠져 깊은 상처를 받기 일쑤다. 야누스의 얼굴을 지녔다.

어머니 아버지는 이미 그의 이중적인 속성을 알고 넉가래를 들었다. 차지게 엉겨 붙는 그를 밀어내며 마당으로부터 집 밖으로 통하는 길을 낸다. 눈 가려진 세상 허방이라도 짚을세라 가족을 위해 아침부터 허리를 굽히고 넉가래를 밀고 있는 것이다. 부모님의 우려는 아랑곳없이 눈을 보면 따뜻하고 포근하게 느껴진다. 사춘기 앓듯 마음을 빼앗겨 옛 추억에 젖어든다. 뽀드득뽀드득 눈 밟던 소리가 정겹게 되살아난다.

겨울 방학을 맞은 아이들에겐 더없이 좋은 친구였다. 아침밥을 후딱 먹고 벌써 골목을 내달린다. 비료 포대를 엉덩이에 깔고 언덕 위에서 미끄러지면 그곳이 곧 눈썰매장이 된다. 아이들 발길 닿는 곳곳이 신나는 놀이터였다. 마을 공터에는 온 동네 아이들이 모여 눈싸움으로 난장이다. 눈사람도 합세하고 강아지들까지 덩달아 가로 뛰고 세로 뛰며 신바람을 내니 쌓인 눈인들 쉬 떠나고 싶었겠는가. 며칠씩 머물며 아이들 온기에 절로 녹아내리곤 했다.

두 볼이 벌게지도록 밖에서 놀던 아이들의 모습이 하나 둘씩 사라지면서 눈도 오래 머물지 않는다. 아버지의 넉가래 대신 제설차가 눈발을 뒤쫓는다. 눈이 눈물을 흘리며 거리에서 질척인다. 구두가, 자동차가 더러워진다고 눈총을 받는다. 겨울의 훈훈한 인심이 야박해지면서 이제 쌓인 눈은 보기가 힘들어진다.

무릎까지 푹푹 빠지던 눈길에서 듣던 그 발자국 소리도, 초가지붕 위에서 하얗게 빛나던 눈부신 꿈도 기억 속에서 점점 멀어져 가고 있다. 빛바랜 사진 속의 풍경화가 뭉클 그리움으로 다가온다.

버스가 들어와요

이월 농협창고 앞, 어른 아이 다 모여섰다
고대하던 버스가 산수,삼용리 마을에 들어온다
학생들은 무거운 책가방 들고 걷지 않아도 된다

흙먼지 날리던 비포장 길 걸음을 떠 올려본다
어쩌다 인심 좋은 기사 만나 공짜 차 얻어 타면
횡재한 기분에 부자가 된 듯 가슴 뿌듯했었다

혹시 태워주려나 기대했다가 횡하니 지나치면
밉살맞고 야속해 육두문자에 침 퉤퉤 뱉고
애꿎은 돌부리 걷어차 제 발끝만 시련 당했지

이제 마을 안까지 버스가 모셔다 준단다
세상 참 많이 좋아졌다 흐뭇해하는 한편,
살짝, 버스비 아깝고 겁나는 어르신들
짐 없고 날씨 좋은 날은 걸음만 하지,
여태도 걸어 다녔잖어? 딴청도 해 본다.

삼용리 시내버스개통식(1981년)

탕탕, 오라잇

하늘만 빠끔한 산골 동네에 경사 났어요
마을 공터에 주민들이 모두 나와
동네까지 들어온 시내버스를 맞습니다.

울퉁불퉁 비포장 삼십 리를 걸어서
곡식보따리를 목 빠지게 이고지고
진천읍내 5일장 보러 걷던 길

한여름 후줄근한 땀줄기 위로
뽀얀 흙먼지 일으키며 지나치던 버스가
이제 동네 안까지 매일 다닌답니다.

돼지머리에 떡시루, 막걸리 차려놓고
온 동네사람 다 모여 고사를 지냅니다
무사고, 더 잘사는 마을 되게 해 달라고….

탕탕, 오라잇! 버스안내양 밝은 목소리 타고
산골 마을은 부릉부릉 활기차게 깨어납니다.
그때 그 시절 시내버스는 운송 수단을 넘어
산골과 시내 간 소통, 희망 그 자체였어요.

버스개통식 진천-백곡-대문리(1981년)

　　1974년 읍내에 있는 고등학교를 들어가면서 처음으로 버스를 타고 20릿길 통학을 했다. 그때만 해도 버스는 큰 길인 국도로만 다녔다. 그것도 1시간에 1대 정도였고, 날씨에 따라 결행도 잦았다. 아침 통학시간에 결행을 하면 터덜터덜 비포장 길을 걸어서 등교를 할 수밖에 없었다.

　　그나마 한낮에는 간격이 더 뜸했다. 국도에서 한참 들어가는 동네에 사는 친구들은 차타는 곳까지 몇 십 분 또는 1시간 이상을 걸어 나와야 했다. 남학생은 자전거로 통학을 하는 경우가 있었으나 여학생들은 시골 동네에서 고등학교 다니기가 녹록치 않았다.

다행히 우리 동네는 10여분만 걸어 나가면 버스를 탈 수 있었다. 닷새에 한 번씩 서는 장날에는 버스가 사람과 짐으로 미어터질 지경이었다. 2년 가까이 그렇게 통학을 하다가 읍내로 이사를 나오면서 버스통학은 막을 내렸다.

그 후 서울에서 직장을 다니면서 다시 만원버스에 짐짝이 되기 시작했다. 시내버스는 수시로 있었지만 출근시간 버스는 항상 초만원이었다. 간신히 다리 한 짝이라도 올려놓으면 안내양은 사람을 마구 꾸겨 넣으며 차 문도 닫기 전에 "탕탕, 오라잇! 소리와 함께 아슬아슬 차를 출발시켰다. 버스안내양도 여간 힘이 세지 않고는 견뎌낼 수 없었을 게다. 차 문을 닫을 수 없을 정도로 사람을 태운 다음 두 손으로 문을 잡고 배로 사람을 밀어 넣는다. 차가 출발하면 용케도 문이 닫히는 게 신기했다. 콩나물시루 같은 버스에 겨우 올라타고 근 한 시간을 끼어 가노라면 사람 냄새에 토악질이 나서 몇 정거장 가다 내려 잠깐 숨을 돌리고 다음 차를 타곤했다. 다음 차 역시 사정은 마찬가지였다. 그러다 아예 30분 일찍 서둘러 공무원 통근버스를 탔다. 아침에 30분 일찍 서두르는 것이 쉽지는 않았지만 앉아서 출근하고, 출근시간 1시간 전에 도착하니 시간도 여유로웠다. 통근버스 시간을 맞추느라 뛰다시피 하던 빠른 걸음이 습관이 되어 지금도 발걸음은 남들보다 빠르다. 아득한 처녀시절의 이야기다.

그 즈음 내 고향 진천에서는 국도에서 조금 떨어진 마을까지 버스가 들어가기 시작했나 보다. 마을 공터에 떡하니 버스를 세워 놓고 돼지머리에 시루떡을 해놓고 고사를 지내는 모습이 정겨워 보인다. 얼마나 좋았을까. 무사고 안전운행을 위한 기원만은 아니었을 게다.

읍내를 향해 달리는 시내버스는 우물 안 개구리처럼 산골동네에 갇혀 있는 이들에게 꿈을 열어주는 통로였을지도 모른다. 조용하던 동네에 "오라잇!" 소리를 외치던 칼칼한 버스안내양의 목소리와 함께 탕탕 버스 문을 치는 소리는 산업화를 향해 부릉부릉 발동 거는 소리요, 잠자고 있던 의식을 깨우는 소리였으리라. 젊은이들 마음을 서울로, 서울로 향하게 하던 소리였을 것이다.

그 귀한 버스가 지금은 텅텅 비어 다닌다. 대부분의 젊은이들은 도시로 나가 있고, 몇 남은 젊은이들은 아무리 산골짜기에 살아도 다 자가용이 있다. 사람 수보다 자동차 수가 더 많은 집도 있다. 승용차, 트럭, 경운기, 트랙터, 자전거….

버스는 운전을 할 수 없는 노인들이 주 고객이다. 만원버스에 땀 냄새, 사람 냄새에 시달릴 걱정은 안 해도 된다. 모두 자리에 앉을 수 있을 만큼 자리도 헐헐하고, 냉난방 시설이 다 되어 있어 승용차 못지않다. 열악하면서도 기세 좋게 부르릉 거리던 버스는 물론, 버스안내양도 이젠 그리움의 대상이 되었다. 사람 사는 맛이 그립다는 거다.

자전거 방울소리

납작납작한 건물들이 나란히 어깨동무한
구 터미널 앞 시가지 도로 한복판이다
바깥바람 맞아 아장걸음 나선 아기 행보에
따르릉 자전거 방울소리도 비켜 울리며
모두가 어우러져 정겨움이 흐르던 곳

얼기설기 전선줄 가로지른 하늘 복판에
'주택개량, 복지농촌' 덜렁 내걸린 현수막과,
무덕무덕 파헤쳐진 도로변 흙무더기
무채색, 무언 속에 새 희망이 꿈틀댔다.

도란도란 정겹던 지금 그곳은,
아가들의 모습 간곳없고 사람 발길 뜸해진 채
성곽마냥 높다랗게 건물 올려 귀를 막았다
사람 위한 거리를 제집인양 활보하는 자동차
저들끼리 머리박고 빡빡 경적을 울려댄다.
문명의 이기는 누구를 위해 존재하는 것인가.

복지 농촌의 주택개량(구 터미널 앞 거리풍경. 1978년)

　찻길에 아이들이 아무렇지도 않게 나와 노닌다. 세 살쯤 돼 보이는 아기가 서 있는 곳 왼쪽이 공용버스 주차장이다. 그 맞은편에 농협 군지부 건물이 번듯하다. 읍사무소부터 이 일대 주변이 상가를 이루고 있는 시내 중심가이다. 이런 시내 한복판 길거리에 아이들이 나와 논다. 지금은 상상할 수도 없는 일이지만 그땐 그랬다.

　버스 주차장이 있는 건물 앞이기 때문에 분명 대형 버스가 드나들었을 터인데 찻길도 사람이 우선했던 것을 알 수 있다. 도로에 차들이 보이지 않는다. 그만큼 차가 드문드문 다녔다는 이야기일 것이다. 가끔씩 자전거가 "따르릉, 따르릉" 방울소리를 울리며 주의를 주고 지나가는 외에 큰 위험 요소는 없었던 듯하다. 리어카와 우마차가 자유롭게 통행하는 차도 풍경이 크게 위험해 보이지 않는다. 지금의 도로 사정과 확연히 다름을 알 수 있다.

도로 가장자리를 파헤치고 공사를 하고 있는 모습이다. 차도와 구분하여 인도를 만들려는 게 아닌가 싶다. '주택개량, 복지농촌' 내걸린 현수막도 보인다. 새마을 사업에 박차를 가하며 서서히 산업화의 바람이 불고 있음을 예고하는 것이리라.

1970년대 후반의 상가 건물이 대부분 기와나 양철지붕을 한, 단층 한옥이다. 정말 그랬었나 싶다. 예나 지금이나 상가에서 빠지지 않는 업종은 미용실과 화장품 가게, 다방이 주류를 이루고 있다. 터미널 옆에는 반드시 다방이 있었다. 버젓이 제 이름의 간판이 붙어 있었지만 흔히 터미널 다방이라 불렀다. 문을 밀고 들어서면 어둠침침한 조명아래 담배연기가 자욱했다. 늙수레한 중년의 남자들이 많았고, 간간히 젊은 남녀들의 맞선 현장을 볼 수 있었다. 수족관이 칸막이 역할을 했다. 탁자 위에는 설탕과 커피크림이 나란히 놓여 있었다. 쓰고 까만 커피에 고소한 크림 2스푼, 달콤한 설탕 2스푼이 어우러진 커피 맛이 바로 인생의 맛일는지도 모른다.

나는 이곳에서 남편을 만났고, 그 옆 터미널 건물 2층에 있던 예식장에서 결혼식을 했다. 삐걱거리는 나무 계단을 올라가 허름한 예식장에서 혼인서약을 했다. 이런 예식장은 한 번도 본 적이 없었기에 출발부터 기분이 나빴다. 오랫동안 서울에서 직장생활을 했기 때문에 고향이지만 형편을 잘 몰랐다. 두 곳밖에 없는 예식장을 사전에 답사해 볼 생각도 못했다. 가끔씩 그날 나무 계단에서 나던, 삐거덕 삐거덕 소리가 살아나기도 하지만 30년이 넘도록 그냥 살고 있다. 헐거우면 조이고, 못질해가며 살아간다.

버스터미널은 이전을 하였고, 예식장도 없어졌다. 지금 그곳은 현대식 멋진 건물이 들어서고 젊은이들이 즐기는 음식 상점이 즐비하다. 세월이 흐르면서 이 거리는 더 젊어진 셈이다.

왜가리 번식지

왜가리가 둥지를 틀었던 수령 800여 년 노거수 은행나무를 찾았다. '진천의 왜가리 번식지, 천연기념물 제 13호'란 안내판이 덩그마니 서 있을 뿐 최근엔 그들이 머문 흔적은 없다.

깃드는 이 없어 둥지조차 허물린 나무에 가을이 노랗게 매달려 있다. 제풀에 쏟아져 내린 은행알들이 맷방석처럼 쫙 깔려 그만의 향취를 풍긴다. 고약한 냄새지만 살아 있다는 증거이니 반가운 마음이다.

언제부터인가 봄이면 인근의 푸른 숲이 온통 하얀 백로, 왜가리 떼로 장관을 이루던 곳이다. 하여 천연기념물로 지정을 받아 보호되어 왔다. 한동안 우리 지역의 명물로 각광을 받기도 했던 곳이 왜가리 분뇨의 독성으로 문제가 되기 시작했다.

우리 속담에 '할아버지가 손자를 귀여워하면 수염이 남아나지 않는다.'고 했다. 수백의 왜가리, 백로들이 저를 품어 주었던 할아버지의 상투 끝에서 난장질을 쳐댔다. 그 바람에 800년을 함께 해 온 나무는 윗부분부터 서서히 말라 죽어가기 시작했고, 형편없

왜가리 도래지(1985년)

는 몰골로 겨우 목숨을 연명하는 신세가 됐다.

　백로 떼들은 미련 없이 이웃 솔숲으로 자리를 옮겨갔다. 싱싱하
고 생기로운 소나무 숲을 찾아 떠난 것이다. 빈 둥지가 되어, 뒷전

으로 밀려난 늙은 어버이의 형상으로 홀로 서 있는 은행나무에서 무상한 바람이 인다.

건너편 등성이에 새로 터를 잡아나간 저들은 아무 일도 없었던 듯 와자글 대며 새로운 둥지에서 희희낙락이다. 참으로 밉살스런 모습이다. 어쩌면 저들도 제 유리한 쪽으로 줄을 대고 있는 것인 지도 모른다. 희고 아름다운 모습으로 사람들의 검은 심사를 그대로 닮아 가는 것 같다. 자기들이 난장질해 놓고 환경이 오염됐다 느니, 정주여건이 적절하지 않다느니 하는 이유를 들어 박차고 떠난 것이다.

그래도 노거수는 말이 없다. 배신감이나 원망으로 자책하지도, 삶을 포기하지도 않는다. 나무는 수많은 생장점을 갖고 있어 쉼없이 새살을 만들어 상처를 치유하며 스스로 삶을 이어간다.

도저히 회생될 것 같지 않은 은행나무는 두 갈래 가지 중 하나가 살아나기 시작했다. 새들의 풍세에 시달리지 않고 휴지기를 거치는 동안 밑둥치에서 여기저기 새 움을 틔워 곁가지가 나고 있다. 이제 몸 안에 스며들었던 분뇨의 그 독성이 어느 정도 빠졌는가 보다.

자손을 다닥다닥 달고 제 2의 삶을 살아가고 있는 늙은 은행나무의 모습이 경이롭다. 왜가리가 떠난 빈터에서 더 이상 쓸쓸히 고사될 걱정은 안 해도 될 듯하다. 완전히 생기를 되찾아 저리 수많은 자손을 금싸라기처럼 쏟아내고 있지 않은가.

호주머니 사랑

한 해의 끝자락,
무채색 바람살에 냉기가 돌면
서걱대던 낙엽은 대지의 품안에서
새봄, 촉 틔울 또 다른 생명을 위해
소신공양에 접어듭니다.

예로부터 두레나 품앗이란 이름으로
면면이 이어온 우리의 나눔 문화는
시대 따라 그 이름과 모습은 달리해도
더불어 살아가는 힘, 희망이 됩니다.

모금함 앞에 늘어선 사람들
잔뜩 진장한 무표정이 시대를 대변하듯,
들이대는 방송국 카메라에 대한 낯가림,
그것이 외려 순박해 보입니다.

순한 이들의 호주머니속 사랑이
꽁꽁 얼어붙었던 겨울을 녹여
훈훈한 사회를 만들어 가는 힘입니다.

사랑의 이웃돕기 순회모금(1983년 12월)

　　구세군 자선냄비처럼 해마다 연말이면 '사랑의 이웃 순회모금'
방송국 차량이 어김없이 등장한다. 고사리 손으로 천 원짜리 지폐
를 든 유치원생에서부터 지역의 제일 큰 어른인 군수님까지 줄을
서서 모금함에 돈을 넣는다. 아니, 사랑을 넣는다.

　　지자체에서는 지역의 사회단체에 공문을 띄워 많이 참여하도록
유도를 했다. 자발적으로 참여하는 개개의 사람들도 많지만 약간
의 강제성도 있었던 것이 사실이다. 예나 지금이나 지자체별로
은근히 모금액 경쟁이 일곤 한다.

모금함을 앞에 두고 길게 줄을 서있다. 방송국 아나운서는 중간중간 인터뷰에 들어간다. 4대 기관장은 당연하고, 유치원생, 초등학생, 중·고등학생, 노인, 주부 골고루 찾아가며 마이크를 들이댄다.

"어떻게 참여하시게 되었습니까?"

"어려운 이웃이 좀 더 따뜻하게 지냈으면 좋겠습니다."

빤한 멘트가 오가긴 하지만, 이것들이 모여 외롭고 쓸쓸한 이웃에게 요긴하게 쓰이고 있는 것만은 분명하다. 한편에서는 요식 행위에 대한 부정적인 시각도 있지만, 없어서는 안 될 일이다. 따뜻한 마음으로 한 푼 한 푼 모아준 금액이 결코 적지 않다. 금전적인 도움도 힘이 되겠지만 함께 하는 마음이 더 큰 위로가 되리라.

이렇게 사랑의 이웃 순회모금 활동은 누군가에게 한겨울을 따뜻하게 날 수 있는 온기, 삶의 희망이 되기에 이는 현재 진행형이다. 지금은 축제처럼 즐기면서 하도록 세련되게 프로그램을 구성한 것이 달라진 점이다. 그러나 1980년대 그 시절 사진 속 풍경은 순박함이 물씬 느껴진다. 사람살이의 맛, 정이 살아있는 현장 모습이 미소를 짓게 한다.

설빔, 오방색의 꿈

'설'이라는 이름으로 새해를 맞는다. 설은 지난해의 마침표인 동시에 새해 시작의 출발점이다. 떡국 한 그릇 먹는 것으로 나이 테 하나를 더 새긴다. 희고 정갈한 가래떡을 뽑으며 한해를 시작 하던 경건함이 기억 속에서 아스라하다. 낭창대던 허리가 어느새 두툼하게 겹이 잡힌다. 연륜이라기보다 중년의 군살이다.

어린 시절, 설맞이는 가장 큰 설렘이고 뭔지 모를 기대감으로 충만했다. 엄마의 장 보따리 속에 혹여 설빔이라도 끼어올까 싶어 장보러 간 엄마를 눈 빠지게 기다리기도 했다. 기다리던 설빔이 기껏 나일론 양말짝에 불과할지라도 명절의 기다림은 달콤했다. 가래떡의 쫀득함이 있고, 모처럼 집안 가득 퍼지는 기름질 냄새는 기분을 달뜨게 했다. 그게 다였다.

우리 언니 저고리 노랑저고리/ 우리 동생 저고리 색동저고리/
곱고 고운 댕기는 내가 드리고/ 새로 사온 신발도 내가 신어요/

즐겨 부르던 동요 속의 정경은 동요에서나 만날 수 있는 풍경일 뿐, 현실과는 거리가 멀었다. 설날 아침, 색동 치마저고리 곱게 차려 입고 하얀 눈을 밟으며 세배 다니는 모습은 나에게 방학책 표지나 교과서에서 볼 수 있는 '그림의 떡'이었다. 색동옷과 복주머니의 오방색은 꿈의 빛이요. 소망이 이루어질 것 같은 기다림의 색이다. 어릴 적은 물론이고, 지금도 그 느낌은 여전하다.

오방색은 동서남북과 중앙. 다섯 방향과 황(黃) 청(靑), 백(白), 적(赤), 흑(黑)의 다섯 가지 한국의 전통 색을 말한다. 음양오행사상에 기초한다. 음양오행사상이란 일체 만물은 음과 양에 의해 생장소멸하고 목금화수토 오행 상호간의 작용에 의해서 길흉화복이 얽힌다고 전해온다.

오방색에서 동쪽은 청색으로 만물이 생성하는 봄의 색이다. 서쪽은 백색으로 결백과 진실, 순결을 뜻한다. 남쪽을 뜻하는 적색은 생성과 창조, 정열과 애정을 상징하며, 강한 벽사의 색으로 쓰였다. 북쪽의 흑색은 인간의 지혜를 관장한다고 여겼다. 중앙을 뜻하는 황색은 우주의 중심을 의미한다.

첫돌이나 명절에 아이들에게 색동저고리를 입히는 것은 나쁜 기운을 막고 무병장수를 기원하는 오방색의 의미가 적용된 것이다. 이렇듯 새해 첫날 오방색 색동옷을 입는 우리의 풍속은 큰 의미를 지니고 있지만 마음속에만 품어볼 뿐 쉽게 접할 수 없는 일이었다.

내 기억으로는 명절에 고운 한복을 얻어 입어본 적이 한 번도 없었다. 평상복도 제대로 못 얻어 입는 판에 색동 한복 설빔은 언감생심, 꿈도 못 꿀 일이다. 어쩌다 큰 맘 먹고 사다준 스웨터나 바지도 설빔이라기보다는 당장 입을 옷이 없으니 사 줄 수밖에 없어서였다. 그래도 설에 맞춰 새 옷을 장만해 준 것이니 설빔인 셈이다.

설빔을 얻어 입는다는 것은 어쩌다 맞는 횡재다. 새 옷을 입고 새해를 맞는다는 건 기분 좋은 일이다. 더구나 겨울방학 끝나고 개학 첫날 친구들에게 자랑거리가 되기에 더욱 좋았다. 당시 개학 날 새 옷 입고 오는 친구는 부러움의 대상이었다.

나는 방학 때 서울 사는 큰언니네 다녀오는 것을 소원으로 꼽았다. 서울 구경 했다는 것과 새 옷, 순전히 그것 때문이었다. 친구들 엄마보다 나이가 많은 우리 엄마에게서 때깔 나는 보살핌을 받기란 어려운 실정이었으니 서울 언니네를 기웃거린 거다. 설빔을 얻어 입으면 더없이 좋지만 그렇지 못해도 우리들은 대부분 그러려니 했다.

그래도 설날은 마냥 손꼽아 기다려지는 명절임에는 틀림없다. 세찬 준비로 집안 가득 머무는 음식 냄새와 온 가족 친척들이 다 모여 밤을 지새우며 왁자글한 것도 명절 때이다. 온 동네 아이들은 아이들대로 세뱃돈은 변변히 받지 못해도 차례상에서 나온 옥춘, 유과 등 과자봉지만으로도 즐겁고 신나서 몰려 다녔다. 동네 골목길이든 누구네 집 마당 가릴 것 없이 어울려 놀 수 있는 곳은 죄다 놀이터가 되어 떠들썩했다. 긴 겨울방학 내내 골목길도 모자라 들로 산으로 달음박질치기는 예사였다.

설빔, 이웃집에 세배 다니기 등 명절이면 일상적으로 이루어지던 세시풍속들이 요즈음은 점점 사라져 가고 있다. 세시풍속이 대부분 농경문화를 바탕으로 한 것이기 때문이다. 세상이 딴판이 되었다. 다변화된 사회, 핵가족으로 이루어진 현실에서는 옛날 옛적의 이야기로 전락할 수밖에 없는 것이 당연한 건지도 모르겠다.

그럼에도 불구하고 지금 난, 어린 시절의 추억 한 자락을 열고 유년의 길을 거슬러 오르고 있다. 그리고 아직도 설빔, 그 오방색을 꿈꾸어 본다.

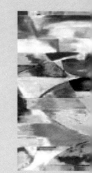

chapter 6

역사는 흐른다

적과의 동침

- 의병장 한봉수 의거비

진천-청주간 17번 국도변, 바위배기엔
한일 역사가 공존하는 슬픈 현장이 있다.
무적, 번개장군 의병장 한봉수 의거비가
일본 헌병 상등병 시마자키의 순직비와
엇갈린 운명으로 동침을 하고 있다.

1908년 한봉수 의병장은 옥성리에서
일본 헌병 시마자키 젠지를 사살한다
일본은 그가 사살된 자리, 우리 땅에
그의 순직비를 세워 기렸다

1977년 문백 면민은 그 비를 끌어내리고
'의병장 한봉수 항일의거비'를 우뚝 세웠다
발치께로 일본군 비를 무릎 꿇린 셈이다.
그러나 일본은 여전히 꼿꼿한 후안무치
또 다시 경제전쟁을 도발하고 있다.

1977년 세운 의병장 한봉수 의거비

　17번 국도를 타고 진천에서 청주로 가다보면 문백면 옥성리 도로변 나지막한 둔덕에 한국과 일본 두 나라의 슬픈 역사적 현장이 있다. 무적, 번개장군 의병장 한봉수 의거비와 일본헌병 상등병 시마자키의 순직비가 한 곳에 공존하고 있는 것이다. 서로 엇갈린 운명으로 적과 동침하고 있는 역사의 증험장이다.

　한봉수는 청주 태생이다. 의병을 모아 일본인 자산가, 친일파를 처단하며 군자금 모금 등 의병활동을 하였다. 그는 1908년 6월 10일, 일본 헌병 기마대의 호위로 현금 수송 우편 행랑이 진천으로 향하는 것을 알게 된다. 옥성리 비사리 고개 보리밭에 숨어 있다가 습격하여 일본 헌병 시마자키 젠지를 사살한다.

일본은 시마자키(島岐善治)가 사살된 바로 그 자리, 우리의 땅에 그의 순직비를 세워 기렸다. '육군 헌병 상등병 도기선치 순직비' 한문으로 또렷이 새긴 비석을 우리는 광복이 된 후에도 수십 년 세월 동안 그대로 안고 살아온 것이다.

1977년 문백 면민은 그 비(碑)를 뽑아내고 '의병장 청암한봉수 공 항일의거비'를 우뚝 세웠다. 그리고 일본 헌병의 순직비를 한봉수 의거비 발치 아래로 끌어내려 역사의 현장을 보존하고 있다. 무릎 꿇린 셈이다. 그러나 일본은 여전히 꼿꼿한 후안무치, 도무지 부끄러움도 반성도 모른다.

지칠 줄 모르는 전쟁 도발 야심은 어쩌면 그들이 타고난 본성인지도 모르겠다. 지금 이 순간에도 일본은 '수출 규제'란 명목으로 우리의 경제를 압박해 오고 있지 않은가. 우리나라 사람 대다수는 이를 '경제 보복' '경제 전쟁'으로 여긴다. 여기저기서 서민들은 일본제품 불매운동을 하며 일본 처사의 부당성을 몸으로 표현한다.

경제적 위기다. 실정이 이러한데도 정치권에서는 당리당략에 이용하며 나라를, 국민을 위하는 양 목소리를 높인다. 여야를 떠나서 나라와 국민들만 바라보고 머리를 맞대야 한다.

건국 100주년, 삼일 만세운동이 일어난 지 100년, 나라를 찾기 위해 목숨 걸고 거리로 뛰쳐나온 그때의 민심을 진정 다시 한 번 모아야 할 때다.

충혼의 향기

- 옛 충혼탑에서

가시 세워 지켜 오신 당신의 땅에
아까시꽃 눈물처럼 뚝뚝 지고 있습니다
6월이 오면 한번쯤 돌아봐야 할 당신,
하얀 꽃 주렁주렁 눈물주머니였지요.

한국전쟁 등 역사의 소용돌이에서
충성과 절의 하나로 지켜온 내 나라,
당신은 영원한 민족혼의 상징입니다

읍내리 산 3-2, 삼수초등학교 뒷동산
전몰군경 458위 호국영령이 깃든 곳
우리 가슴에 진한 꽃향기로 남습니다.

1980년 현충일 행사(삼수초 뒷동산)

충혼탑은 한국전쟁 직후인 1956년부터 세우기 시작했다. 정부가 서울로 환도하고 현충일을 제정하여 나라를 지키다 순국한 호국영령들을 추모하기 위해 세운 탑이다.

진천에서는 초평면 영수사에서 지역출신 군인 경찰 등 419위를 봉안해 오다가 1965년 진천읍내 삼수초등학교 뒷동산에 충혼탑을 처음 건립하여 458위를 봉안했다. 해마다 현충일이면 지역단체장과 학생들이 참석하여 추모행사를 가졌다. 흰색 블라우스에 감색 플레어스커드를 입은 여고생과 하늘색 남방에 회색 바지, 하얀 교모, 당시 학생들의 전형적인 모습이 인상적이다.

1994년 충혼탑은 잣고개로 다시 자리를 옮겼다. 이 고개는 봉

화산과 문안산 사이에 난, 청주와 진천을 들고나는 길목이다. 격렬하게 전투가 벌어졌던 곳이다. 언덕 높이 충혼탑을 세우고 그 아래 월남참전비, 인근에 6. 25 격전비가 있다. 일대에 도당공원을 조성하여 꽃, 나무들이 찾는 이들을 맞는다. 옆에 있는 향토전시관의 유물들은 우리 조상들의 삶과 정서를 엿보게 한다.

공원에 붉은 장미가 만발했다. 손끝으로 툭, 튕기면 금방이리도 선홍빛 선혈을 주르르 쏟아낼 듯한 눈망울로 6월을 걷고 있다. 영원히 늙지 않는 남편을 가슴에 묻고 사는 전쟁미망인들의 피멍든 세월이다. 험한 세상 가시 세워 지켜온 삶의 한 켠에선 이루지 못한 그 옛날 신혼의 꿈 한 자락이 하얀 아까시꽃 향기로 은은하게 묻어난다. 충혼이 머무는 곳의 향기다.

축전과 국상

'상산축전 갈고닦아 향토문화 꽃피우자,
가꾸자 민족문화 이룩하자 문예중흥
충효예를 중시하자' 축전의 현수막이 내걸렸다.

진천의 옛 지명을 상징하여 명명된 '상산축전'
정군 이래 처음인 온 군민 대 화합의 장이다.
야심차게 준비한 계획들이 막바지로 치닫는다.

1979. 10. 26. '제1회 상산축전' 전야제의 날,
궁정동에서의 총성! 박정희 대통령의 시해사건
처음 생긴 군민축제 날에 하필 국상이라니···
잔치는 한 달 뒤로 연기되는 곡절을 겪는다.

1979년 제1회 상산축전

역사는 흐른다

처음 계획된 축전이 10·26사태 그날이었어요.
한 달 뒤 열린 상산축전의 차전놀이 모습입니다.
차전은 견훤과 왕건의 싸움에서 비롯되었다지요.

양편이 밀고 누르며 힘겨루기, 집단 화합의 표상,
통나무 얽어 묶은 동체 위에 당당히 올라선 대장은
밧줄 거머잡고 진두지휘, 싸움을 이끕니다.

동체 메지 않은 사람은 몸싸움으로 진격을 돕고,
단결된 수백 명, 높은 기상으로 일사분란 움직이며
상대편 내리눌러 땅에 닿게 하면 승리하는 겁니다.

권력에 대한 인간의 욕망은 끝이 없는가?
부하에 의해 18년 장기집권도 비참히 끝나고
'화무십일홍' 역사는 또 그렇게 흘러갑니다.
아무 일도 없었던 듯이 덤덤히⋯.

제1회 상산축전(1979. 11. 24)

　1979년, 처음 실시한 군민대통합 잔치인 상산축전은 첫날부터 호된 신고식을 치렀다. 1896년 지금의 충청북도 진천군이 명명된 이후 처음으로 야심차게 준비한 축전, 멋지게 축포를 터트리려던 바로 그날 10월 26일, 느닷없이 서울 궁정동 안가에서 총성이 울렸다. 국상이다. 부하의 총탄에 의해 박정희 대통령이 시해당한 사건이 발생한 거다. 총을 메고 잡은 군부 정권은 18년이란 장기집권을 총성으로 마감했다. 돌고 도는 것이 역사라 하지만 참으로 아이러니하다. 축제는 한 달 뒤로 연기되어 11월 24일 열렸다.

　당시 나는 서울시경찰청 정보과에서 근무를 했다. 국상 중에

혹여 있을 난리를 대비하여 모든 군인, 경찰은 초비상이었다. 국가가 비상사태였다. 그 시간 내 고향 진천에서는 다 벌려 놓은 잔칫상을 접고 부랴부랴 대통령 국상을 치렀다. 축전은 연기되어 한 달 후에 열렸다. 그리고 아무 일도 없었던 듯 역사는 흐르고 있다. 역사가 그렇듯이 진천의 축제 또한 정책의 방향에 따라 여러 차례 이름이 바뀌었다. 강산도 변했다.

세월 따라 변하는 건, 강산만이 아니다. 삼국시대 전쟁의 각축장이었던 진천은 고구려가 차지할 땐 금물노군, 수지군, 신지군으로 불렸다가 신라의 영토가 되어선 흑양군으로, 고려 때에 강주로, 다시 진주로 바뀌었다. 조선조 지방제도 개정에 의해 1895년 충주부 진천군이었다가 이듬해 충청북도 진천군으로 개편되어 지금에 이른다.

1979년, 처음 계획한 제1회 지역축제는 '상산축전'이라 이름 하였다. 상산은 진천의 별호로 20회까지 열렸다. 1999년 제21회부터 29회까지는 '생거진천화랑제'로 명칭이 바뀌었다. 세계태권도 공원 유치를 위해 전국적으로 지명도를 높이기 위해서였다. 그 기간 중 잠시 '세계태권도 화랑문화축제'라는 이름을 사용하기도 했다.

2008년 지방자치단체의 장이 바뀌면서 30회부터는 '생거진천 문화축제'란 이름으로 군민대통합의 잔치를 열어가고 있다. 우리 지역 특산물인 쌀축제와 함께 상달에 벌어지는 한바탕 놀이마당이다. "얼쑤"

보재 선생이 그립다

읍국泣國, 읍가泣家, 우읍기又泣己,
나라를 잃어 나라가 울고,
집을 잃어 집이 울고,
몸 둘 곳조차 잃어 몸이 우노라.
나라 없는 백성을 일깨워 주었던
보재 이상설 선생의 유훈이다.

진천읍 산직마을에서 태어난 보재 선생은
헤이그 만국평화회의에 고종의 특사로 파견됐고,
용정에 민족교육의 요람, 서전서숙을 건립한
대한민국의 항일독립투사요, 교육자였다

1972년 향교말에 숭렬사를 건립하여 기려오다가
1997년 생가터로 이전, 동상과 그의 얼이 우뚝하다
탱자꽃 활짝 피운 그의 생가 앞에서 물어 본다
'당신이 진정 꿈꾸신 나라는 어떤 것이었나요?'

조선시대 마지막 과거급제자요. 신학문의 선구자였던
보재 이상설 선생, 조국 독립을 위해 살았던 그는
1907년, 서전서숙을 통해 무엇을 이루고 싶었을까.
아직도 조선시대 사색당쟁의 그림자가 어룽댄다.

봄볕이 찬연합니다.

이제 비로소 산직마을, 자그마한 그의 고향집 탱자나무 울타리
에 탱자꽃이 하얗게 웃습니다. 실로 100년 만입니다. 보재 선생의
삶을 가슴에 묻은 채 고향 마을에서 초가를 지키고 있던 탱자나무
꽃은 하얗게 밤을 지새우며 수십 년간 제 혼자 피고지기를 반복해
왔을 테지요, 얼마나 눈물겨운 세월이었을지 마음이 싸해옵니다.

벌들만이 유일한 친구였던 듯 탱자꽃 사이를 넘나드는 모습이
친근하면서도 정겨워 보입니다. 콧노래를 앵앵거리며 분주히 움
직일 때마다 눈곱만한 엉덩이가 꽃잎 위에서 살랑거립니다. 순국
100주년을 맞으며 숭모사업이 시작된 것이 퍽이나 기쁜가 봅니
다.

새롭게 인식하게 된 보재 이상설 선생의 순국 100주년 추모제
향 현장은 지금 엄숙한 제향의식과 더불어 추모제례악이 탱자꽃
향기에 실려 은은히 울려 퍼지고 있습니다. 시퍼렇게 날을 세우고
덤벼드는 일제에 맞서다가 스스로 탱자울이 되어 조국을 지켜 온

이상설 선생과 선생의 상소문

보재 이상설 선생의 생가 —충북기념물 제77호

것일지도 모를 보재 선생! 그는 지금 어떠한 마음일까요.

"조국 광복을 이루지 못하고 이 세상을 떠나니 어찌 고혼인들 조국에 돌아갈 수 있으랴. 내 몸과 유품은 모두 불태우고 제사도 지내지 말라."

그의 유언입니다. 그래서일까. 선생의 업적에 비해 나타낼만한 자료가 온전히 전해지는 게 없습니다. 숭렬사를 끼고 돌아 나지막한 언덕배기에 선생의 초혼묘가 있습니다. 한 줌 재조차 남기지 않은 선생의 묘는 1996년 수이푼 강변에서 초혼식을 마치고 떠돌던 혼과 강가의 흙 한줌을 가져와 부인 묘에 합장함으로써 이루어진 것입니다. 묘소에는 그 흔한 둘레석 조차 없습니다. 소박하기 이를 데 없는 묘 앞에 서니 외롭게 투쟁해 온 삶에 마음이 시립니다.

마흔일곱 해, 조국 독립이란 꽃을 피우기 위해 흘린 눈물이 얼마면 이리 새하얀 꽃으로 향기를 피워 올릴 수 있을까요?

선생이 가신 지 100여 년이 지난 지금, 그 당시 보다 많은 것이 달라졌습니다. 세계 속에 당당히 대한민국을 올리고 있습니다. 하지만 여전히 외세의 압력 앞에서 흔들리는 현실을 봅니다. 조선시대 사색당쟁의 그림자가 어룽어룽 거리고 있습니다. 선생이라면 이 상황을 어찌 대처해 나갔을까. 문득 당신이 그리워집니다.

그날의 함성

"대한독립 만세!"
1919년 3월 1일은 예사로운 날이 아니다.
목숨 걸고 일본 통치에 항거하던 그날은
우리의 자주 독립을 만방에 알리기 위해
민족혼이 결집된 절규의 날이었다.

해방 이듬해부터 국경일로 제정되어
그날의 깊은 뜻을 되새기는 의식이 거행됐다.
민족의 정체성을 확인한 민족적 거사 60주년,
남녀노소 진천군민들은 새 마음을 다졌다.

'기미년 삼월 일일 정오
터지자 밀물 같은 대한 독립 만세
태극기 곳곳마다 삼천만이 하나로
이 날은 우리의 의요, 생명이요 교훈이다'
위당 정인보님의 3·1절 노래가 생각나는 날,
우리 선열들이 보여준 희생과 단결 정신을
다시금 되새기며, 겸허한 마음이 되어본다.
자꾸 퇴색되어가는 주권국민으로서의 자각,
그리고 정체성…

1979년 3·1절 기념식—상산초등학교에서

　1979년, 3월 1일 상산초등학교 운동장에서 삼일절 60주년 행사가 열리고 있다. 지금으로부터 40년 전이다. 자발적이기도 했지만 대다수는 동원되었다. 으레 그러려니 했다. 그렇게라도 1년에 한 번씩 삼일정신을 기려보자는 것이었다. 남녀노소 모두 나와 의식과 함께 새로운 마음을 다졌다.

　그러다가 슬그머니 대규모 행사가 없어져 버렸다. 학교에서는 역사도 뒷전이다. 역사가 나와 무슨 상관이냐, 내 자식 좋은 대학 나와 좋은데 취직하면 그것으로 다였다. 공부해야 하는 시간에 삼일절 행사에 동원이 말이 되느냐 입에서 침을 튀기는 시대가 되었다.

지금으로부터 100년 전에는 대한 독립에 전 재산과 목숨을 건 사람들이 있었다. 그들에게 나라는 어떤 의미였을까. 진정 자식보다 나라가 먼저였을까. 그랬음이 분명하다. 그들의 목숨 값으로 오늘이 있다. 우리는 그 하루도 기려주지 못하고 말았다.

"대한독립 만세!"

1919년 3월 1일은 예사로운 날이 아니었다. 위당 정인보 선생은 그날을 '우리의 의요, 생명이요 교훈이다'라고 했다. 두 손에 태극기를 부르쥐고 흔들며 일본 통치에 항거했다. 기미년 삼월 일일, 그날은 우리의 독립을 위해 민족혼이 결집된 절규의 날이었다. 남녀, 빈부귀천 없이 자발적으로 일어난 거국적인 행동이었다. 목숨 따위는 아랑곳하지 않았다. 거리거리 피가 낭자했다.

100여 년 세월이 흐르는 동안 잠시 잊고 있었다. 일본은 또 다시 본색을 드러냈다. 경제적 도발이다. 물질적 풍요가 넘쳐흐르는 지금, 자꾸 퇴색되어가는 주권국민으로서의 자각을 깨워야 한다. 다시 우리의 '의'를 일으켜 세워야 할 일이다.

부창부수

- 신팔균 장군과 아내 임수명

"만세, 만세, 대한독립 만세!"

독립 북소리를 시작으로 4.3 만세운동 재현 행사가 대대적으로 열렸다. 올해로 3·1운동 및 대한민국 임시정부 수립 100주년을 맞는다. 100년 전, 우리는 일제로부터 어떻게 이 땅을 지키려 노력 했었나 되짚어 보는 시간이었다.

그동안은 3.1절 행사를 안했다. 그냥 노는 날이었다. 삼일절을 안다고 해야 '유관순 누나가 독립만세 부른 날' 정도였다. 언제부터인가 국사가 소홀해지면서 학생들에게 멀어져 갔다. 눈에서 멀어지면 마음도 멀어진다고 했던가. 이제부터라도 멀어진 역사에 대해 관심을 갖고 함께 하는 것이 여간 다행스러운 일이 아니다. 방송매체에서도 연일 잊혀져간 독립운동가들을 찾아내며 그들의 생애를 짚어보고 있다. 유관순 열사만을 꼽던 여성 독립운동가도 속속 등장하고 있다. 반가운 일이다.

신팔균의 부인 임수명

독립운동가 신팔균과 독립투사들

　충청북도에서는 미래여성프라자 건물 1층에 충북 출신이거나 연고가 있는 여성 독립운동가를 위한 전시실을 마련하고 흉상도 세워놓을 계획을 세웠다. 박재복(영동), 신순호(청주), 어윤희(충주), 오건해(청주), 윤희순(충주), 이국영(청주), 임수명(진천) 선생을 대상으로 꼽고 있다.

　이들 중 임수명(1894~1924)은 진천 출신 독립운동가 신팔균의 아내다. 그녀는 간호사였다. 1912년 일본 경찰의 눈을 피해 환자를 가장하여 입원해 있는 신팔균 선생과 병원에서 운명적으로 만나게 된다. 표면적으로는 환자와 간호사이지만, 내심으로는 독립운동을 교류하는 동지가 되어 1914년 결혼을 한다. 독립운동이 부부의 연을 맺어준 셈이다. 그들 부부는 국내외적으로 독립운동 활동을 하면서 죽음까지 함께 한 영원한 동지요, 운명공동체였다.

남편인 신팔균(1882~1924) 선생은 진천군 이월 출신이다. 전통적인 무반 가문으로 조부인 신잡 선생, 신립 장군의 후예다. 1900년 대한제국 육군무관학교에 입교하여 구한말 궁궐 시위대에서 근무하였다. 군대 강제 해산 뒤에는 항일 구국군을 조직, 의병대장으로, 신흥무관학교 교관으로 만주와 북경, 상해 등에서 독립운동을 하였다.

그녀는 이러한 남편 신팔균 선생의 독립운동을 돕는 한편, 만주에서 군자금 모금, 독립군 후원, 비밀 연락책 등의 역할을 당당히 수행해 왔다. 베이징에 거주하고 있던 그녀는 남편이 전장에서 순국할 당시, 만삭의 몸이었다. 동지들은 차마 남편의 전사 소식을 알리지 못한 채, 부인을 한국으로 돌려보냈다. 조국에 돌아와 남편의 죽음을 알게 된 그녀는 결국 유복자인 갓난 딸과 함께 서른 살 꽃다운 나이에 남편의 뒤를 따라갔다.

현재 국립 서울현충원에 부부가 합장돼 있다. 정부는 신팔균 선생에게는 1963년 건국훈장 독립장, 아내 임수명 선생에게는 1990년 건국훈장 애국장을 추서했다.

나라의 구국운동에는 늘 여성의 힘이 적지 않게 작용했음에도 대부분 알려지지 않았다. 사회구조상 내조라는 이름으로 묻혔기 때문이다. 수많은 독립운동가들 뒤에는 강인한 어머니가 있었고, 고통을 안고 집안을 꾸려간 아내가 직·간접적으로 뛰고 있었음을 잊지 말아야 할 것이다.

그을음의 빛

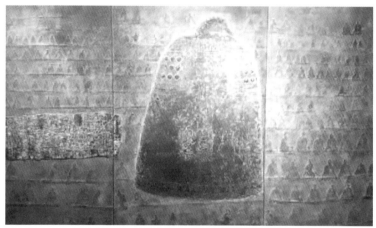

범종

　충격이다. 분명 먹빛이 놀고 있는데 글씨가 아니다. 범종이 있고, 빗살무늬 토기가 있다. 아니 글씨가 있다. 아주 생경한 풍경이다. 어릴 때 살던 우리 집 다락방에서 맡던 묵은내가 울컥 살아난다. 종박물관에서 특별한 서예전시회가 열리고 있는 현장이다. 놀라운 풍경이 전개되고 있다. 호기심이 일어 작가의 말에 귀가 쫑긋해졌다.

　'침묵의 역사'라는 작품 앞에 섰다. 수백은 될 듯한 먹빛 부처상을 배경으로 가운데에 신라 범종이 자리하고 있다. 한지에 그린 그림인 듯 종이의 결은 그대로 살아있는데 그림이 아니다. 용뉴와 연곽, 연뢰의 올록볼록한 윤곽이 분명 부조 작품이다.

종신의 비천상 또한 날아오를 듯 또렷한 입체감을 느낄 수 있다. 부처 역시 도드라진 부조상이다. 흙과 먹, 돌가루, 기타 재료가 정교하게 합일을 이루어 빚어낸 조각 작품에 한지를 올려 탁본 기법을 활용했다한다. 0.1~0.2mm 정도, 하도 얇아 부조라기보다 그냥 한지 위에 그려진 그림 같다. 하지만 다시 보아도 독특한 조각품이다.

살짝 기운 범종은 지금 막 당좌 한 번 치고 난 직후 종의 미세한 흔들림을 표현한 듯 떨림이 느껴진다. 종신 옆으로 글씨가 빼곡하게 음각되어 있다. '아 신화 같이 다비데군들' 신동문의 詩다.

신동문 시인은 1950~60년대 독재정권에 저항하며 현실 비판시를 쓰다 절필한 우리 충북 문단의 초석 아니었던가. 문화유산인 신라의 범종에 피맺힌 절규 4.19 혁명의 시를 나란히 들여놓다니…. 발상의 전환에 오소소 소름이 돋는다.

의식도 역사성도 어느 것 하나 공통됨이 없어 보이는 범종과 근·현대 암울했던 역사의 한 페이지를 같은 자리에 펼쳐 놓았다. 서예와 선사시대의 유물이 혼재되어 있다. 때론 주인공처럼 두드러져 보이다가 또 때론 슬쩍 뒤로 빠져 그대로 희미한 배경이 되어 준다. 서로간의 배려요, 존중이다. 주연과 조연이 따로 없다.

그을음의 빛 항아리

　사람살이의 이치도 이만하면 악다구니 같은 다툼은 덜하지 않을까 싶다. 어찌 맑은 햇빛, 교교한 달빛만이 아름답다 할 것인가. 저녁노을이 지고 난 뒤 먹빛으로 젖어드는 어둠이 더 고울 수 있다는 것을 예서 본다. '항아리'란 작품 앞이다. 유년시절 어두컴컴한 부엌에 머물던 무쇠 솥과 부뚜막에 앉은 재티, 그을음의 빛깔을 본다. 엄마의 무채색 광목 치맛자락에 일던 그리움, 예의 빛이다.

　서예전 '웅혼'은 흙, 은은히 젖어드는 한지의 숨결, 가장 부드러운 붓을 통해 강인한 인간의 의지를 담고 있다. 글씨에서, 토기에서, 범종의 깊고 그윽한 울림이 번진다. 묵향과 함께 무위자연이 노닐고 있다.

소금소의 전설

찰방찰방 아이 웃음 맑은 물방울로 튕겨 오르는
장터 소금소, 산골 물 흘러흘러 소(沼)를 이루고
장돌뱅이 삶의 애환 어루만져 시름 달래주던 곳

소달구지, 지게짐에 실어와 펼친 소금장의 추억이
청정한 물결 전설로 흐르는 소금소는
이제, 세상의 때를 씻어내고 정제된 소금으로
나를 바로 세우려 발 돋음을 하고 있다.

소금소는 백곡천을 이루는 개울물이 장터마을을 끼고 흘러들어
소(沼)를 이루고 있는 곳이다. 개구쟁이들이 마음껏 헤엄을 치고
놀 수 있는 맑은 물웅덩이다. 국내 유일하게 바다가 없는 충청도
내륙, 그 중에서 가장 오지에 속한 백곡면에 '소금소'라니….
이와 관련하여 두세 가지 이야기가 전설처럼 내려온다. 폭우가

소금소 전설- 장터 가는 길

　몹시 쏟아지던 어느 해, 미처 갈무리 하지 못한 장터의 소금
대량이 시냇물로 흘러들면서 그곳에 깊은 웅덩이가 생겼다고도
하고, 맑은 개울 바닥에 사금이 많아 그리 불렀다는 설이 있다.
또 하나는 2일, 7일 열리는 백곡의 장터가 소금장으로 널리 알려
지면서 앞개울을 소금소(沼)라 불렀다는 것이다.

　물물교환이 이루어질 때부터 오일장이 섰던 바로 옆이다. 충남
아산만 둔포 일대에서 생산되는 소금을 소달구지 또는 지게 짐으
로 운반하여 엽둔재를 넘어 이곳 돌고개 장터에 와 펼친 것이다.
진천은 물론 증평, 괴산, 음성 사람들까지 이곳 장마당을 이용하

였다 하니 그 규모와 유명세가 얼마나 컸을지 짐작이 된다.

협탄령이라 불리기도 하는 엽둔고개는 경기도 평택, 성환을 지나 충청도를 잇는 험한 고개다. 소금장꾼들이 험준한 고개를 어렵사리 넘어와 장을 펼쳤으니 그 노고가 얼마이겠는가. 장터 앞 개울물은 땀에 전 이들이 풍덩 뛰어들어 치열한 삶의 피로를 풀어내기에 그만이었을 것이다.

어느 것이 정설인지는 모르겠지만 아마도 오랫동안 소금장터와 함께한 물웅덩이는 장돌뱅이들을 비롯한 우리네 서민들의 시름을 잠시나마 시원하게 달래주는 청량제가 되었으리라.

동서고금을 막론하고 소금은 그 어떤 것보다 귀한 물건이었다. 오죽하면 소금(小金)이라고까지 하며 돈을 대신했겠는가. Salt(소금)라는 단어 자체가 Salary(월급)에서 연유한 것만 봐도 가치를 알 수 있는 일이다. 중국에서는 아예 소금을 동전처럼 틀에 넣어 군혀 황제의 문양을 새겨 화폐로 사용했다고 한다. 염화(鹽貨)다.

소금이 어찌 돈만 뜻하랴.

정육면체의 투명한 결정체, 육안으로는 식별이 안될 만큼 작은 물체가 사람의 몸에 없어서는 안 될 존재가 되었다. 고조선 시대부터 이미 소금을 생산한 우리 조상들은 금전 그 이상의 가치로 평가를 하고 있었다.

지금, 장터마을 사람들은 소금소와 관련하여 이미 사라져버린 옛 장마당의 정취를 다시 살려보려 힘을 모은다. 고무신 가게,

메리야스, 잡화상점, 주막, 국밥집이 터 잡고 있던 장터, 쩔렁쩔렁 가위소리 높이던 엿장수를 그리워한다. "뻥이요!" 요란하게 외치는 뻥튀기 아저씨 어깨 너머로 고소하게 풍겨오던 튀밥 냄새를 그려내고 싶은 게다.

그곳에는 입술이 새파래지도록 물장구치다가, 검정 고무신 한 짝 뒤집어 배를 만들어 띄우던 아이들이 있었다. 피라미, 송사리처럼 떼로 몰려다니며 모래무지 움켜잡던 그 아이들은 다 어디로 간 것인가. 웃음 사라진 빈 개울가에 다시 사람들을 불러 모으고 싶은 게다.

옛날의 소금소를 되살려 삭막해진 정서, 오염된 현실의 때를 씻어내고자 한다. 부패로부터 저를 지킬 수 있는 청정지역을 만들고 싶어 한다. 소금처럼 정제된 자신을 바로 세우고 싶은 바람이 일렁일렁 나를 흔든다.

종나무

　성주머니라고 불리는 마을 어귀에 있던 나무다. 스스로의 성장을 따라잡지 못해 온 몸 거죽에 허옇게 버짐이 피어 얼룩덜룩해진 나무. 마침내 그 하얀 속살을 후비고 무쇠로 된 몸의 절반이 들어박혀 기이한 형상을 이룬 모습을 만났다. 바람이 싸늘히 치고 돌던 날 발가벗어 알몸을 훤히 드러낸 채 부둥켜안고 있는 그들의 모습이 드디어 방송 카메라에 잡혔다.

"세상에 이럴 수가?"

그들이 처음 만나게 된 것은 일제치하 우리 민족의 수난기와 때를 같이한다. 애초에 하나는 미끈한 용모를 지닌 버짐나무였고, 다른 하나는 맑고 청아한 소리를 품은 쇠 종으로 각각 전혀 다른 세계의 물성이었다. 일본은 우리나라의 지배자가 되어 버짐나무에 쇠 종을 매달아 놓고 저희들이 필요할 때마다 동네 사람들을 불러 모으는 도구로 사용하기 시작했다. 둘의 운명은 그렇게 시작되었다.

본성이 아무리 청아한 소리를 지녔다 해도 시키면 속내를 갖고 마구 줄을 잡아당기는 데야 그 고운 본성을 지키기란 쉽지 않았을 것이다. 절로 인상이 찌그러지는 쇳소리를 낼 수밖에…. 마을 어귀에서 쨍쨍 쇠 종이 울면 마을 사람들은 하던 일손을 놓고 지배자의 명령에 따라 강제 부역을 해야만 했으리라. 민족의 수난기는 사람뿐이 아니라 이 땅의 모든 것이 다 수난이었던가 보다. 가슴을 도려내던 그 쇳소리는 한국전쟁이 끝난 얼마 후까지 계속되다가 시나브로 잦아들게 되었다.

버짐나무는 서슬이 퍼럴 만큼 잎 세력도 넓혔다. 사람들에게 그 한 자락 그늘로 내어주고 쉼터가 되어주는 동안 미끈하던 몸은 하나하나 나이테를 속으로 그으며 허리통이 굵어져 갔다. 나무의 굵어진 허리만큼 사람들의 감각 또한 무디어져 그간 나무와 종이 만나 어떤 일을 벌이고 있었는지 무심했다. 아니 함께 있었던 사실조차 모두들 까마득히 잊고 있었다.

어느 날 마을 사람들은 우람하게 자란 나무의 가지치기를 하면서 이들이 기이한 형상으로 얽혀 있는 것을 발견했다. 수십여 년을 그러한 관계로 몸을 섞어 왔을 터인데 이제야 이 일을 밖으로 드러내게 된 것이다.

누군가로부터 잊혀지는 존재가 된다는 것은 두려운 일이다. 쇠종이, 저를 매달고 있던 버짐나무와 한 몸이 될 수 없는 관계임에도 속살을 파고들게 된 것은 아마 두려움 때문이었는지도 모른다. 몸의 윗부분 절반을 이미 나무의 살 속으로 깊숙이 박고 있는 종의 모습이나 자기의 생살을 헤집고 파고드는 아픔을 의연히 견디며 받아들이고 있는 버짐나무의 숙명적인 관계가 싸하니 가슴 한켠을 후린다.

끌어안을수록 더욱 고통이 커지는 쇠 종과 버짐나무의 부적절한 합일, 또 그들과 애환을 함께 해 왔으면서도 그들의 기묘한 관계를 볼거리로 삼으려한 사람들, 어쩌면 드러내 놓지 못하고 아픈 세월을 잊고 살아가는 사람들을 대신하여 버짐나무가 그 마음을 이렇게 대신 안고 살아가고 있는 것은 아닌가 생각해 본다.

한동안 회자되었던 이 나무는 어느 날 누군가에 의해 밑동이 싹둑 잘려나갔다. 이제 사연 있는 종나무는 다시 볼 수 없지만 우리의 아픈 역사는 아직도 계속되고 있다. 일제의 침략 근성은 조금도 수그러들지 않는다. 우리 스스로 힘을 기르기 위한 자성의 종을 힘차게 울려야 할 때가 아닌가.

사라져 가는
한국의 서정

7080 그때 그 시절 영상 에세이